川端康成

Kawabata Yasunari

岁岁年年

日も月も

王述坤 译

上海译文出版社

目　录

光悦会[①]上

一

京都正值阵雨绵绵的秋日，今天天空也是乱云飞渡，骤雨欲来。

小车驶过大德寺[②]旁，回首远望，比叡山顶峰已隐入薄薄的雨云之中。

为打听去光悦寺[③]的路怎么走，车停下了。

“爸爸，您不认识路吗？”

“战前去过一次，那天风和日丽，是从大德寺的孤蓬庵前出发走着去的呀，而且，已经是十年前的事情啦！”

父亲把帽子留在旅馆了。看到父亲头上已经全秃，松子便想回

---

① 光悦寺茶会，简称“光悦会”，为缅怀本阿弥光悦（1558—1637）而发起，和东京的大师会齐名，是京都的代表性茶会，在京都的鹰峰光悦寺举行，古今名茶具汇集一堂，为茶人每年不可或缺的盛事，每年十一月举行。该会发起人为土桥嘉兵卫等，还有三井松风庵等赞助，大正四年（1915）成立，当时三井松风庵为会长。现在已经成为财团法人，每年由东京、京都、大阪、名古屋、金泽五地画商筹划并分别主持。

② 大德寺，位于京都市上京区的临济宗大德寺派的总寺院，正中元年（1324）由大灯国师妙超创建。与茶道渊源很深，著名茶人千利休、小堀远州等曾在寺内结庐。

③ 光悦寺，本阿弥光悦及其一族的菩提寺，位于京都市北区鹰峰光悦町。光悦为江户初期文人，除家业的刀剑鉴定外，在书、画、雕刻、莳绘、陶瓷制作等多方面也才华横溢，并作为茶道名人自成一统。寺内有光悦之墓，并有太虚庵等七个茶室，为光悦茶会会址。

忆一下十年前父亲脑袋的模样，但已记得不太清晰了。不过，现在想来，假设这颗又大又圆的头上还剩下几根毛发，倒反而滑稽可笑。

司机一直停着车等待经过的路人以便问路，松子这会又觉得司机那不紧不慢的劲头有点可笑了。

城郊的乡间路上，走来两位相伴着的老太婆。

“从这里拐弯就行了。鹰峰啊，那里有茶会，这种小车来了一大堆呀！”

司机从车窗缩回了头，老太婆还对他补充了一句：

“不用再问啦，走到头碰到有白墙的寺院就到啦！”

小车在窄路上开了一会，就碰到了那座寺院的白墙。

“源光庵[①]……”

松子这样念着寺院的名字。

这所寺院前面，好像就是去参加茶会的“一大堆”汽车开过的一条路。先前，松子他们的车走的路一直是错的。

光悦寺门前，参加茶会归来的人们成群结伙地站立在乡下风格的房屋檐下。阵雨似乎停了，可是人们感觉似乎还在下着。或许人们并非在这里避雨，而是在这里等车。

“爸爸，乐先生站在那里呀！”

“啊？”

父亲傻乎乎地反问道。

松子已拉开车门，所以不方便指给父亲看。她自己先下了车，然后摆出等待的姿势，准备协助肥胖的父亲下车。而在走开之前，

① 源光庵，位于京都市北区鹰峰的曹洞宗寺院。

松子轻轻地点了点头，但显得有些犹疑。乐先生并没有察觉到松子是在向自己打招呼。

不过，他好像拦住松子一行人乘坐的包车开走了。

松子在去往光悦寺的铺路石上边走边说：

“那位肥胖人士便是乐先生呀！不过倒没有爸爸您那样胖……”

“还很年轻嘛！”父亲说。

那还是今春，乐吉左卫门当代传人应邀来到镰仓，在圆觉寺开了乐家茶碗[①] 展示会，松子是在该会席上见到并记住了乐家当代传人的。

大厅的壁龛和桌子上排列着乐家历代传人的茶碗，从初代长次郎、二代常庆、三代道入，一直到十二代弘入、十三代惺入，乐先生介绍了每件展品的土质、釉子、成色、制作特征、意趣、瑕疵等等。另外，还展示了用京都带来的土制作茶碗的工艺流程。乐先生的讲解很有男子汉气魄，干脆利落，让人听起来心情十分畅快。壁龛里、桌子上陈列着的四五十个乐家茶碗作为重要的体验品，居然可以任凭那么多观众用手尽情抚摸，这让松子很是惊诧。她想，这可能是乐家的人品使然，于是这个展会于她就有了更深层次的乐趣。

或许是连续的不眠之夜引起身体衰弱，松子的眼睛看绿叶会感到疼痛，反而长次郎、道入等大师的茶碗之美好像更显得水灵。当时的松子倘若能够稍稍被人触碰一下，便会哭出来，因此油然感到拿在手中的茶碗似乎触及了自己的心灵。半天之内，松子得以忘记

---

① 乐烧，为低温火烧制的软质陶器，十六世纪后半，陶工田中长次郎在千利休指导下创始，因用建造“聚乐第”之土烧制，被丰臣秀吉赐“乐”字印，二代起改姓为“乐”，代代相传。乐烧方法烧出的茶碗，称“乐茶碗”，分赤乐、黑乐两种，不用陶轮只用手指尖捏制成形，具有朴素的闲寂寡淡之意趣。

了失恋的伤感。

就这样，圆觉寺的茶碗展示会留在松子的印象中了。当时固然没有流下热泪，但她忆起似乎自己的一滴眼泪掉入了当时不知哪个乐家茶碗的碗底。

不过，松子避免显山露水，要么等候在一百五十多位参加者的后面，要么尽量躲进暗处，故而乐先生对松子不可能眼熟。

二

在光悦寺的接待室前，父亲交了会费。在此期间，松子在观览白山茶花。那是住持居室大门旁的山茶花，高大的山茶树被修剪成椭圆形，正值最盛花期。

十一月十三日，从上午十点钟开始，有纪念本阿弥的法事，十二、十三两日连续有追荐死者的茶会。作为著名茶具汇聚一堂的大茶会，和东京的大师会齐名。松子一行是坐夜车“明星号”，十三日早五点光景到达京都的，在旅馆睡了一觉，过午便出来了。

法事早已结束，松子父女也到正殿参拜了。从那里来到住持居室，然后下到院子里。潮乎乎的土粘在院中穿用的木屐上。院子中央的太虚庵很拥挤，故而先去了骑牛庵。

今年的骑牛庵由光悦会的东京召集人主持。虽然说是浓茶[①]的点

---

① 浓茶，点茶方式之一种。用大型茶碗，准备与人数相应量的茶水，是一碗茶多人传饮的方式；薄茶，其点茶方式则与此相对，是为每人分别点茶。

茶方式，但由于每天三百多位客人，所以，只是在休息室[1]非正式品茶[2]，而在茶席上就只能观赏一下茶具了[3]。加之，松子父亲朝井并不是特意从东京赶来的茶道人士，而是因其女儿有这项学习，他不过是临时起意提出光顾一次光悦会，这才父女一起过来的。

这位父亲甚至还打趣松子说过："芭蕾舞和茶道好像是战后小姐们追求的流行项目呀。芭蕾舞和茶道是个有趣的组合，是不是'和魂洋才'[4]的新形式啊？跳芭蕾舞展现优美的西洋范儿，学习茶道则穿着漂亮的日本和服……"

然而，父亲也没有忘记事先给松子"打预防针"：像光悦会这样的大型茶会，说起来是茶道的大型活动，你要以为在花团锦簇的人群中无法看到茶道的神与形，那就想错了。朝井知道女儿似乎是为了平缓自己内心的混乱才沏茶饮茶学习茶道的，所以他担心来到这天下第一的大茶会，松子会不会反而对茶道产生幻灭的感觉。

在骑牛庵的休息室，朝井正出神地欣赏着光悦之孙空中斋光甫[5]的水彩画《葡萄》，松子小声招呼道："爸爸！"原来刚沏好的茶她已麻利地送过来了。

---

① 原文作"寄附"。在茶会上，客人等候、换日本式短布袜、换上和服裙之处。墙壁上挂些简单的书画，里面有白开水供应。在此处等候主人来带领，然后通过甬道正式进入茶室。

② 原文作"点出"，在人数非常多的茶会，无法一一为客人点茶，只能在洗茶具处沏茶然后拿到休息室请客人品味。

③ 一般参加茶会的顺序为：入席后，先鉴赏壁龛里的书画和摆在下面的花瓶，然后饮用主持人点的茶，最后鉴赏茶具，聆听主持人所讲茶具的各种来历等等。但此处因客人过多，做不到人人饮茶，只能观赏一下茶具。

④ 明治时代由"和魂汉才"一词派生出来的词汇。其意表示日本人不忘传统文化而又去学习西洋文化，将二者巧妙地结合。

⑤ 本阿弥光悦的养子光瑳之长男，号空中斋，擅长家业之刀剑鉴定，并受光悦影响喜爱茶道、绘画、雕刻等，尤擅制陶。

因为茶室里前客还没有走，所以朝井在松荫下等待，扭头回望了一下后面的山，发现了什么，说道：

“哟嗬！成了秃山啦！是不是因为打仗都砍伐掉了呀？”

两座圆溜溜的山峰，这是光悦也曾朝夕眺望的小山。战前来这里时，记得还是浓绿成荫。那两座山峰人们称作“鹰峰”“鹫峰”，而光悦寺所在的这个山丘也被称为“鹰峰”。光悦办的艺术村早已绝迹，如今寺院和茶室并不古老，两座圆溜溜的山峰如今也都成秃山了。

有这样两首俳句：

> 阵雨淅沥沥，轮番降落两山间，幽哉光悦寺！
> 举头望山峰，夕阳西下日已暮，阵雨欲降临。[①]

秃山上是否下着阵雨，朝井就是伸开手掌试探也不得而知了。两座山峰的夹缝中，有一间不伦不类的小房。

“那是开采锰矿的。”茶道师傅模样的女人告诉他们。

前客好像走了，从茶室右面山的尽头回首远望，可以看得到远处的京都市街。

进茶室没什么顺序，大约在进去三四人之后，松子跟在父亲身

---

① 前者为光悦寺歌碑上文字，作者为田中王城（1885—1939），他是明治至昭和时代日本京都大阪地区著名的俳人，高浜虚子的门生，主要著作有《王城句集》。该俳句原文为：“山二つ、かたみにしぐれ、光悦寺”；后者出处不详，原文为：“日かげれば、しぐれやこしと、仰ぐ峰”。

后进入。一入席，目光便被一只伊贺烧[①]花瓶的色彩所吸引，那花瓶宛若飘浮在昏暗壁龛里的一盏明灯，又恰似神秘的珍珠贝在海底熠熠生辉，被水浸湿后艳丽得甚至透出一股妖气。因周围幽暗，伊贺陶器绿黄的釉色反而更显出一种水灵灵的光泽。凑近一看，花瓶底边灰色的焦糊部分还粘着水珠。带耳的立姿也显得清爽挺拔。

字画是写在寸松庵色纸[②]上的一首和歌：

山野本冷清，时逢深秋更寂静。呦呦鹿鸣声，每每鸣叫人惊醒，哀愁寂寥情更浓。[③]

烧茶水用的茶锅，是东山大人[④]喜欢用的芦屋[⑤]锅，上面有狩野光信[⑥]画的松树底画。茶碗是光悦七种[⑦]之一的“雨云”[⑧]，是光悦亲手做的黑乐茶碗，松子也曾听说过其名字。松子本想传到自己这里

---

① 伊贺烧，三重县阿山郡出产的陶器，建武（1334—1338）年间创始。有藤堂伊贺、远州伊贺等。

② 色纸，又称“古筆切”，指书写和歌、俳句等的见方硬纸板，尺寸有两种，大的 20 cm×17 cm；小的 18 cm×16 cm。“寸松庵色纸”，相传为纪贯之书法，内容为《古今和歌集》。本来是卷轴，被分割成方形色纸形状，因该色纸十二枚藏于大德寺的寸松庵而得名。

③ 此为壬生忠岑（生卒年不详）的和歌，《古今和歌集》卷四，秋歌上。原文为：“山里は、秋こそことに、わびしけれ、鹿の鳴く音に、目をさましつつ。”

④ 东山大人，指室町幕府第八代将军足利义政（1436—1490），他于一四八三年移居东山山庄（银阁寺），以其为中心的能乐、绘画、茶道、庭园技术等东山文化曾繁荣一时。

⑤ 芦屋锅，从镰仓时代（1192—1333）到桃山时代（1373—1393）在筑前国（今福冈县北西部）的远贺川河口的芦屋津铸造的茶锅之总称，古老茶锅的代表之一。

⑥ 狩野光信（1565—1608），安土桃山时代狩野派画师，狩野永德之长子，画风优美抒情，与其父的伟壮风格形成对比。主要作品有劝学院的《瀑布图》《四季花木图》等。

⑦ 七种，本阿弥光悦所做茶碗中最出色的七个，一般指加贺光悦、喰违、铁壁、有明、纸屋、雨云、时雨；也有一说指障子、七里、雪片、铁壁、不二、雪峰、昆沙门堂。

⑧ 本阿弥光悦所做七茶碗之一。

时仔细欣赏一下，但由于被座席上自己的身影所遮，也没能看清釉子流淌在黑色“火间”[①]、使人联想到乱云飞渡的雨云景色。茶杓是空中斋的“共筒”[②]，其纤细考究的铭刻据说是其八十二岁时的作品，可也还是没看清楚。茶筒是中兴名物[③]，水罐是云州藏帐[④]，全是精品。然而松子的目光每每被壁龛里的花瓶所吸引。在微暗中，真是再也没有比伊贺玻璃釉子的色彩更美丽夺目的了。

伊贺花瓶插有白色山茶花，松子正出神地观看着那玻璃釉子萤火般蓝绿色的光泽时，砂张[⑤]的建水[⑥]传到自己膝前，她下意识地将其拿到手中。

“粘上手上的油可就……”后一位客人悄悄地提醒松子。

“不不，没关系的，请……回头要擦拭的……”

本来砂张上是既不能沾染手指上的油脂，也不能用粗布擦拭留下痕迹的。

三

太虚庵今年是由名古屋召集人主持。用弄弯曲的竹条编制的低

---

① 火间，指没有挂上釉子而露出陶胎因火烧变成红褐色之部分。
② 共筒，指茶勺和装茶勺的竹筒均为同一人所作。上面有年号、赠给人姓名，在筒上留铭文也是一大乐趣。茶勺作为表现茶人风格的物品供人鉴赏。
③ 中兴名物，茶具中级别较低的名茶具。非常优秀的茶具称“名物”，千利休以前的称“大名物”，千利休时代的称“名物”，千利休以后小堀远州选定的称“中兴名物”。
④ 云州藏帐，记载出云国（岛根县）松江藩主松平不昧（1751—1818）收集所藏茶具目录的记录本。云州，出云国之异称。松平不昧又名松平治乡，曾致力改革藩政，作为茶人曾兴起石州流不昧派。著作有《赘言》等。
⑤ 砂张，铜、锌、铅、银等合金做的古铜器，敲击声音悦耳，主要用于佛具、餐具或茶道的建水。
⑥ 建水，茶道用来装清洗茶碗的水的广口罐子。

矮篱笆墙，那就是所谓“光悦篱笆”，松子一行在那外面等候时，松子对父亲说：

“里千家[1]的二公子来啦！”

“你倒是消息蛮灵通嘛！”

“在《淡交》[2]杂志上见过他的照片……”

然而，松子在目送那人背影时，却没有开口，缩回身体躲到父亲身后。

和里千家二公子擦肩而过时，另一位身材挺拔、正往这边走的青年似乎认出了松子，停了一下脚步后改变了主意，大大咧咧地走了过来。

“难得在稀罕之处……”

“爸爸，这是高谷先生呀！”松子给父亲介绍，同时她似乎要稳定一下自己的情绪。

“哦。”

或许比起高谷，父亲更介意自己的女儿，他暗中以护着自己女儿的站姿向高谷还礼。

“凑巧一起都来京都……”高谷扬起浓黑的眉毛，“从东京特意赶来的人也不少啊！”

“你是一个人？”朝井从容地问道。

“啊……”

高谷支支吾吾地，环顾左右而言他：

---

① 里千家，茶道千家流派的分支之一，千利休之孙千宗旦四男千宗室为开祖。此外，还有表千家、武者小路千家等。

② 茶道杂志，京都淡交新社发行。“淡交”二字出典为“君子之交淡若水，小人之交甘如醴”（《庄子·外篇·山木》）。

“玄琢[1]的茶席是去过了？还是现在要去？我呢，因为顺路刚才已经去过了，没什么妨碍的话我送你们去。”

“啊呀，太谢谢啦！”

太虚庵壁龛里也同样摆着伊贺花瓶，里面插着含苞待放的白山茶花。还悬挂着升色纸，但松子因见到高谷幸二有点心猿意马，那上面的和歌也没能看懂；拿在手中的伊罗保[2]茶碗釉色是半边黄半边灰的，这也没看仔细。她有些心神不定，但考虑到很可能幸二在外等着呢，又不敢离席出去。

结果，果然幸二等在外面：

“阵雨又下起来了，我送你们吧！”

松子看了一眼父亲，而幸二的车已等在外面。

正要紧跟父亲上车，却看见座席后扔着女人鲜艳的披肩和外套，松子惊呆了。幸二等在车门旁。松子靠近幸二那侧的脸颊发出一阵火烧火燎的剧痛。她尽量将身子向前倾坐着，唯恐后背碰到那女人的物品。

玄琢的土桥别墅马上就到了。

“那么，我就在这里失陪啦！”幸二在门口道别。

“这是旅馆的车，请回程乘坐吧！”

“不必了。我们归途想往大德寺走一走。谢谢啦！”

---

① 玄琢，京都市北区鹰峰东光悦寺附近玄琢这个地方有光悦会主要发起人、画商土桥嘉兵卫（1868—1947）的别墅玄琢山庄，光悦会之际，该处也作为茶席开放。“玄琢”之名源于此处原为江户初期御医野间玄琢（1590—1645）居住。

② 伊罗保，据传是李朝时代在朝鲜庆尚南道烧制出来的茶碗，混有沙粒的质地上面涂蓝绿相混的釉子，手感疙疙瘩瘩的。有“千种”、“片身替”、“钉雕”等几种，其中的“片身替”为半边黄半边灰，两边色调各异为其主要意趣。

“不过，要是下雨就糟了，我呢，反正可以坐同伴的车回去，请吧！”

幸二硬把车推给朝井，倒退两三步才直视松子，他的眼里带着几分忧伤。

“祝你们旅途平安！”

松子垂下双眼说道：

“幸二先生，车里的东西？”

“啊！差点忘了。”幸二慌乱地返回来胡乱地将女人的外套和披肩抱在怀里。松子发觉后本想替他叠叠整齐，但最后还是没有做。

四

一进土桥别墅的大厅，四五十位先来的客人已等在那里，朝井吃惊地发出一声感慨：

“是雪舟[1]啊！”说着便从坐着的客人中穿过，走近壁龛。壁龛内挂着雪舟的山水图，是国宝级的名画，上面有牧松[2]和了庵[3]题的画赞。

---

① 雪舟（1420—1506），室町后期的画僧。日本画家，名等杨，又称雪舟等杨。生于备中（今冈山县）。曾入相国寺为僧，师从该寺山水画家周文学画。作品广泛吸收中国宋元绘画风格，完善山水画技法，对后世影响很大。

② 牧松，即以参周省，号牧松，生卒年不详。室町时代周防（今山口县东南部）长门（今山口县西北部）等地守护大名大内氏十三代当主大内教弘之子，周防的保寿寺之僧人，和雪舟长期交好。

③ 了庵桂悟（1425—1514），室町幕府中期到战国时代期间临济宗僧人。曾任职伊势（今三重县大半）安养寺、京都东福寺，应后土御门天皇之召在宫中讲禅。获“佛日禅师”称号。一五〇六年以八十三岁高龄任遣明使，归国后致力于重建南禅寺。著作有《壬申入明记》等。

两棵松树矗立在画面正中的巨石上，其高高的枝丫翼然向两旁伸展。比起周围的岩石、房子和石山，两棵松树显得大了许多。而比起对岸的水平线及远山则又显得突出地高。远处，水面宽阔而宁静。着色很淡的天空深邃而辽远。这是雪舟精彩的透视画法。松树背后的岩石下有几处房子，高士带着侍童正从岩石上开凿出的山路向高处行走。人物画在松树紧前面、长着松树的巨石下部，和巨石是一个板块。两棵松树是这幅画巨大的中心，就如雪舟其人。

朝井在壁龛前站立良久。

“这是再也无缘看到的名画，你好好看看吧！”他对松子说完，忽然想到一个偶然的巧合。

“这是你松子的‘松’呀！”

松子凝神注视着。朝井想让松子多看一会这幅画。

“了庵桂悟的画赞也是闻名遐迩的。”朝井把解读画赞的那张纸放到松子面前，然后说道，“上面写着，永正天皇在位的丁卯年上巳[①]的前一天，了庵八十三岁，写于云谷寓舍。去周防时，在雪舟还在世的家里写的。文句是‘牧松遗韵雪舟逝，天末残崖春梦惊。’[②]写在那前面的牧松画赞如今成了遗诗，而雪舟也已作古。八十三岁的佛日国师[③]思念二位故人，也就联想到自己的老境了。‘人间何地卜长生？’[④]了庵活到九十一岁。雪舟也活到八十七岁，据说这幅画大约

---

① 即公历一五〇八年三月三。

② 此为了庵画赞诗的最后一句。画赞用汉诗形式所写，全文为：“诗画寻常欲遗情，人间何地卜长生。层峦叠嶂剑铓矗，极浦回塘屏障横；径路岩隈蟠缭绕，楼台树荫耸峥嵘。牧松遗韵雪舟逝，天末残崖春梦惊。”

③ 佛日国师，即了庵桂悟。

④ 了庵画赞诗的开头一句：诗画寻常欲遗情，人间何地卜长生。

是年过八旬以后做的，了不起呀！要说八九十年，那真是漫长的一生，像你松子这般年轻，恐怕连‘春梦惊’的事情也没有啊！”

香炉是砧青瓷千鸟[①]，花瓶是赤绘金襕手[②]，也是重要美术名品，不过比起那些，朝井更希望松子能被雪舟的山水画打动，可以从烦恼中解脱哪怕片刻也好。

因客人按发的顺序号依次被招呼入席，入席前等待时间很长，朝井便从从容容地阅读起会记[③]。会记里详详细细地记载着本茶会系大阪的召集人主持，淡茶席的壁龛里挂着藤原定家[④]的怀纸[⑤]，花瓶依然是伊贺，水罐是仁清[⑥]彩绘的龙田川[⑦]，茶碗是著名的江户斗斗屋茶碗[⑧]，有中兴名物、远州藏帐[⑨]和云州藏帐，替代茶碗则是道入的黑茶碗，铭为“腰蓑”。[⑩]

松子独自走出来到了檐下，朝井来到她的身旁。

---

① 砧青瓷，青瓷的一种。在日本，自古中国产的青瓷分为砧、天龙寺、七官三种，砧为其中之最，系南宋龙泉窑烧制，灰白色的底配以青绿色的青瓷釉子，优美别致；千鸟，即白鸻。这里指炉盖上铸有白鸻鸟的香炉。

② 赤绘金襕手，陶瓷装饰技法之一种，因以赤色为主调，故称“赤绘”；除赤色之外，又有使用绿、黄、紫、青之色釉，亦有使用金银者，称“锦手”或“金襕手”。

③ 会记，又称“茶会记”，茶会之记录。一般记载茶客姓名、一应茶具、花、怀石（简而精的饭菜）、茶点等。

④ 藤原定家（1162—1241），镰仓初期的歌人。歌坛指导者之一，创立有心体象征性歌风，《新古今和歌集》、《小仓百人一首》撰者之一，并校订过《源氏物语》，有家集《拾遗愚草》等。

⑤ 怀纸，可到处携带的和歌用纸，一般折成两折揣在怀里。

⑥ 仁清，野野村仁清，生卒年不详，江户前期的陶工，通称清又卫门。生于丹波桑田郡（今京都府南丹市），曾在京都御室的仁和寺门前筑窑，擅长运用莳绘的彩陶制作，其作称仁清烧、御室烧，是和式彩绘的大成者，“京烧”的元祖。

⑦ 龙田川，这里指仁清制作的带有彩绘的水罐。

⑧ 江户斗斗屋，是有名的“鱼屋茶碗”之一的铭文。“斗斗屋”是朝鲜出产的茶碗，据传千利休在堺市的鱼屋（斗斗屋、渡唐屋）店里发现了这种茶碗，十分喜爱，由此得名。红褐色的底涂有微微带黄或蓝的茶色釉子，有细小的陶轮痕迹是其特征。

⑨ 远州藏帐为记载有小堀远州收集所藏茶具目录的记录本。

⑩ “腰蓑”二字本是茶具的铭文，有该铭文的茶具有的腰部有绳纹状痕迹，好像穿着雨具蓑衣一样，但并非凡有“腰蓑”铭文的，就一定如此。

“从亮处看，赤绘更漂亮啦！”松子说。但在父亲过来之前，她一直呆呆地眺望着和庭院下面连成一片的稻田和对面的山。

在淡茶席上，大家促膝而坐，非常拥挤。那位召集人老者嘴里说着“这是最后的客人了”，给大家点了茶，并说：仁清的龙田川水罐展出，十分罕见。

在院子的乡村风格房子里还有一个浓茶席，召集人是京都的，理所当然的又是摆出寸松庵的色纸、大名物茶锅，名物茶叶罐利休地藏、名物茶勺等等，但天色将晚，朝井父女便乘坐幸二给留下的汽车回去了。

走出旅馆的洗澡间，松子在照镜子，朝井正巧从后面走过，吃惊地站住了：

“呀！光涂上边？下边呢？”原来松子涂口红只涂了镜中的上唇，下唇显得没有颜色，看起来怪怪的。

“哎呀！那就这么弄一下呗！”松子将上下嘴唇合起来，将下唇稍稍向上一抹，下唇便也变红了。然后，她又用指尖将下唇涂匀。

“咦？”

“要想涂得淡一点，这么弄就行啦！”

朝井想到自己也有好久没有看过女儿化妆，便在那里站半天望着女儿化妆。

秋叶点心[1]

一

朝井在京都站买了两三份卖剩下的报纸，然后坐上了特快列车“鸽子号”。

时已过午，早报在旅馆看过了，旅馆里没有的报纸车站小卖店都有。

天皇临幸京都大学时，学生们发生了骚乱。那是十一月十二日，朝井带女儿到京都的前一天。十三日，朝井一行从光悦会回到旅馆看到当天晚报之前，他们还不知道京都出了那么大的乱子。

“昨天，甚至还出了号外。”旅馆的女佣说。

“号外发行了？”

朝井故意用了奇怪的京都方言中的敬语表现，将“号外”作为主语。如说成“发行了号外吗？”还差不多。

在京都大阪地区，什么都爱用敬语。就说刚才的阵雨吧，朝井听到人们说：“尚未降下呀！”颇感温柔可亲，所以，说到号外自己

---

① 著名的点心名。将点心做成落叶形状，或在点心上用颜色做出一些落叶，好像秋风将落叶都吹到一起一样。

也试了试关西敬语。

不过，报纸上报道的“扰乱恭迎天皇陛下”用了“前所未有的恶性事件”的大标题，这让朝井很受冲击，为了缓解那种震惊，也就用了那种奇怪的说法。

大学生们在正门排队夹道欢迎天皇的御辇，但他们既不山呼万岁，也不唱国歌《君之代》，却在天皇一行通过后唱起了《和平之歌》。俄而，又形成包围天皇空车的态势，并继续大唱《和平之歌》。警官队开进了大学校园，学生和警官们互相推搡，其间响起了《国际歌》的大合唱。天皇御辇起驾回宫，是在警官队人墙的护卫下奋力快速通过的。

同时，学生的统一自治组织京都大学学生会曾试图向天皇递交“致天皇公开质问书”，但没被允许。无论是“公开质问书”的提法，还是“天皇裕仁阁下[①]”的称谓，尽管都让朝井不能适应，不过，也像结束战争时的诏书以及战后宪法所宣言的那样，天皇“为了世界和平，希望作为拥有见解的个人而努力。一国的象征对民众的幸福和世界和平倘若没有任何见解，不能不说那将是日本的悲剧”，上述文句似乎倾诉了学生们期冀和平的愿望。“为了太平洋战争，当了军国主义的支柱”，在天皇的名义下，“很多青年发出海神的嚎叫含恨死去……”——质问书中这句话，让朝井想起两个儿子的战死。正因为两个儿子战死，才只剩下女儿松子一人。小儿子也是以学生之身被征去打仗的。

学生们担心如今天皇再次作为“战争意识形态的一个支柱”重复同样的历史错误，这对曾经有过两个儿子的朝井来说，不能认为

---

① 裕仁（1926—1989），即昭和天皇。这里学生故意不称“陛下”，而称“阁下”，反映了学生们一种要求民主的思潮。

与己无关。

并且，京大事件和光悦会的茶会都是同一天在同一个京都发生，次日他们来参加茶会才知晓。

“不算什么，哪个朝代都是如此。”

尽管朝井对自己这样自言自语，但还是感觉有些异乎寻常。

即便想想几百年前战国时代武将们所热衷的茶道，也是与如今的时代根本不合拍。

朝井坐上火车后仍然在报纸上专找那个事件的后续报道阅读，同时，他也试想了一下：如果松子是个男孩，而且是个学生的话会怎么样呢，然而，松子在沉默。

“爸爸，今天好像是七五三[①]啊！”松子说。

看看车窗外，有三伙出来祝贺七五三的母子母女相跟着走在村里的小河旁。

松子一直回头望着，直到火车跑出相当远。

朝井想道：松子是不是回忆起自己的孩童时代、想起如今已经分离的母亲了呢？

二

暮秋到京城，似火红叶落满庭[②]。

① 七五三，日本人祝福孩子健康成长的节日。每年十一月十五日，三岁或七岁的女孩，五岁的男孩要去参拜神社求福免灾。

② 出典《古今和歌集·秋下》，该和歌原文为：“秋は来ぬ、紅葉は宿に、降りしきぬ、道踏み分けて、とふ人はなし。”译为：暮秋到京城，似火红叶落满庭。万籁何寂静，安得访客踏红叶，拜访老夫至院中。

——正如松子在京都茶席上见到的和歌所示，三四天不在，位于镰仓的家院子里也落下了颇多的红叶，但镰仓红叶不像京都红叶那样美，泛红的时间也晚些。

不过，因为房屋地处山谷深处，所以门口邮箱上也散落着落叶。而松子母亲化名来的信就装在邮箱里。

“不知请谁给写的。”松子望着那封信上的收信人姓名地址。

即便用了化名，如果信封上的字仍然是母亲写的，也还是会被父亲发现。山垣绫子这个化名实际上借用了松子同学的真名，但信封并不是请绫子写的。万一真绫子写的信和假绫子写的信同时来了被父亲看到，因为信封上的字体不同，还是要被怀疑的。

松子将母亲来信从毛衣下摆塞进胸口处，然后回到自己房间。

信里说，十一月十七日，镰仓的近代美术馆开馆纪念日举行招待观众活动，当天母亲要来镰仓；还写着希望十二点在八幡宫演奏神乐的殿堂附近见面。

“十七日？不就是今天吗？够烦的！”

母亲如果来镰仓，恐怕要碰到熟人的。松子仅仅设想了一下母亲的羞愧，自己的脸就红了。

而且，今天八幡宫有里千家的家元[①] 淡淡斋师傅献茶，献茶恐怕要在演奏神乐的殿堂进行，所以松子可能要在那殿堂周围人海之中与母亲见面。

昨晚，松子就已把今天要穿的和服拿出来了，打算看了献茶后参观一下茶席的。可是，又想穿着花里胡哨的和服见母亲会引人注

① 家元，技能文化的掌门人。

目，所以改穿了黑色西服套装。

家元的献茶从十点开始，而母亲信上说的时间是十二点，所以松子磨磨蹭蹭地漫步，估计好十一点半左右到达八幡宫。她不愿意碰上学茶道的同好们。

松子在入口的拱形桥头停住脚步，观察了一下院子里的情况。四五个已过中年的妇女提着布料提袋正在走过来。其姿态一眼即可看出是茶道师傅们。

献茶似乎已经结束。在殿堂周围活动的人们大约是想看看茶具的善后工作吧。

松子也似乎受到吸引一样往前赶，却正好碰上淡淡斋师傅走上社务所的玄关。他那微微发胖的背影，没穿裙裤的裤脚配上雪白的布袜显得很漂亮。松子正在目送师傅过去时，旁边走过里千家的二公子。

“哎呀！”松子差点就要发出惊呼。

因为二公子是跟着家元来的，所以没什么奇怪的。不过松子在三四天前在光悦寺见过的这个人，今天又在镰仓见到了。而且，在京都目送这个人的时候，竟意外地碰上了高谷幸二。

松子想着幸二是不是又会出现？便朝周围扫视了一下。

然而，幸二和里千家毫无任何瓜葛，不可能有那种偶然的重复。松子只不过看到了幸二哥俩的身姿一直在她心中的证据而已。

殿堂上还残留着献茶使用的板架。松子拉开一段距离围绕殿堂周围转了一下，便开始在大银杏树下等待。母亲从右边高大的杉木林中走出来到参拜道上。她看看殿堂那边，没有发现松子。松子便小跑着来到母亲目光能及的地方。

母亲不动了，在等待松子走近。

“你爸爸……”

“爸爸吗？”

松子好像上气不接下气，没法回答，而是重复母亲的问话。

母亲似乎要问父亲是否平安。恐怕不会问：父亲也一起来了吗？

“妈妈您……”松子反问道。

“嗯。谢谢！”

母亲目不转睛地盯看着松子问道：

“信是什么时候到的呀？”

“今早。”

“是吗？差点见不到你啊！我本想寄快件，但可能被发现便作罢了。如果我病了，就连个电话也不能给松子你打呀！”

母亲幽深的眼睛似乎湿润起来。松子的母亲并非是在无所谓场合和无所谓的人目光相遇便热泪盈眶的人，但眼下她的眼睛看起来确实泪眼婆娑了。她就是有那种习性的人。

三

松子明白，母亲不是一个人来的，而是和她的年轻情人绀野一起来的。

绀野一定在近代美术馆等着呢。母亲和松子会面的时间会有多久呢？

松子一想到瞒着父亲、又背着绀野来和母亲会面就觉得好像有人在追赶她似的。

或许母亲察觉了自己盯看女儿面孔的时间过长。

“隔一段时间来看看，镰仓很好啊！”她说完仰望上空，上空被大银杏叶子染得一片金黄。

“我想起在家时从东京回来下车一到镰仓车站，深深吸一口气便感到心旷神怡。我对松子也这样说过吧。眼下秋末冬初是镰仓的好季节呀！”

“嗯。”松子点头答应，接着说道，“可我倒是常劝爸爸搬到东京去住呢。”

“那，你爸爸怎么说？”

“爸爸说没钱买房子呀！”

“是吗？我不在，松子也就很少到东京去了。你爸爸还是那么不省事吗？”

“啊？不知怎么说才好。”

“不像原来那样了吧？即便我不在，家里有松子料理，一切顺利吧？”

“怎么可能一切顺利？妈妈不在……”

母亲后背朝着松子，从石头阶梯下向对面走。松子注意到母亲低垂着的颈项。秀发高高盘起，发际下短短的粉颈显得很细。但比实际年龄显得年轻。

“不过呢，我想，我不在以后，你爸爸恐怕变了吧。两个儿子接连阵亡时，他就变了好多啊！这一点松子你也亲眼所见，是了解的吧？”

“嗯。”

“现在想来，我的话可能不中听，我原来过的是奴仆的生活呀！

前一个太太也是一样的。我受前任太太调教，是一切向前任太太看齐的吧？可我觉得我的身份和你爸爸与前任太太不一样，而且我是前任太太的后任，还有两个继子，所以我反而成了更加忠实的奴仆啦！对你爸爸我敬重有加，年龄又相差悬殊，我只有百依百顺的份儿，连发发牢骚的工夫都没有啊！因此，结果就是大家相安无事。二十几年前的那种女人，如今的松子你是理解不了的吧？”

“理解不了吗？”

“恐怕还是不理解为好。我是担心要是我这态度影响到了松子，她也带着一种对哥哥们的自卑感长大那就糟啦！松子生下时我也曾想过，她是个女孩太好啦！但是，两个哥哥双双阵亡，我心里难受啊。现在的结果不是继子死了而亲生的孩子还活着吗？”

“那种事不怪妈妈。不是战争造成的吗？”

“不管怪谁，你爸爸都照样失去两个儿子。从此以后你爸爸变了。突然对我好起来，很疼我了，我曾经内心苦不堪言。我是把两个孩子视为己出，拼命操劳，为此都过早地变老了，但两个孩子一旦离去，在你爸爸心里，其悲伤程度说不定和我是不一样的。我一这样怀疑自己，便坐立不安了。因为自己的亲生女儿还健康地活着嘛！”

“那么说是我也为哥哥殉死妈妈才满意？”松子半开玩笑地说着说着产生一股怒气，“哪有那么荒唐的事？难道妈妈一直是怀着这种心情吗？”

“要对你爸爸忠实到底，就会那样的吧。”

“妈妈很可怜啊！”

“松子！”母亲叫了一声以后，犹犹豫豫地带着颤音说，“我在生下松子你以后，还是能生育的呀！不过，我没有生啊！”

“啊？！”

松子似乎被阴冷的皮鞭抽打了一鞭，心口猛然一缩。

“那什么，你哥哥们一死，你爸爸曾经让我再生个孩子呢！”

“咦？”

“我那时心里很难受啊，让我生，我也不能生啊！”

“那么离谱的要求妈妈您也乖乖地听取吗？”

“我能理解你爸爸需要孩子，需要男孩。便是我，如果能生我也想生啊！不过，你妈妈当时太悲伤啦！”

由于激愤，松子对父亲感到几分恨意。在她想来，似乎父亲犯下了弥天大罪。父亲难道不是扼杀了母亲的灵魂吗？

“爸爸至今也没有说过妈妈的坏话，他说妈妈你是灵魂丰润细腻的人。”

“灵魂丰润细腻的人……”

“是的。可是，父亲辱没了灵魂丰润细腻的人的灵魂啊！”

“那倒也不至于。不过还有好多以前没跟你说过的事呢。”

松子点了点头，“妈妈，您现在……”

母亲只是轻轻地摇了摇头。

松子是打算问她现在是不是很幸福的。

六七位身穿华美和服的有钱人家小姐从松子母女身边走过。

“好像有茶会呀。”母亲说。

“刚才这里有里千家家元献茶呀。那些人可能是拜服席[①] 散场出来的吧。”松子目送着那几位小姐。

---

① 拜服席，茶会之一种，指为向神佛供奉茶在神佛前点茶并将茶分赠客人享用的献茶，一般由家元点茶。

“除这里的拜服席外，街上还有四个茶席，那些会员们坐着包租的出租车来回转呢！”

四

献茶仪式的次日是星期天，在长谷① 的大佛殿有每月例行的镰仓茶话会。

这种茶会既没有抹茶②，也没有煎茶 ③，而是人们边品尝从各产地运来的驰名点心边轻松愉快聊天的聚会。会员约有三十余人，其中还包括居住在镰仓的作家、画家、音乐家、演员，另外还有美容师、西式裁缝师，也有松子父亲那样的实业家。

本月的点心是下谷的武隈 ④出产的“秋叶点心”。平冢的老字号“银座屋”编制的小竹篮一个个摆在客人面前，里面装着秋叶形状的点心。其叶子种类有枫叶、银杏叶、樱树叶、松针、常春藤叶、菊花叶等，五花八门的树叶还配上白果和松露。白果有带皮的和去皮的两种各一个。枫叶有红黄两色；松叶也两种：一种是发黄的，另一种是散落的红色叶。小篮子带有山野樵夫意趣，还系着背负所用的细绳子。

对点心内行的会员讲了“秋叶点心”的典故。对树叶形点心的

---

① 长谷为镰仓一地名，长谷大佛殿指净土宗寺院高德院大佛殿，其本尊俗称镰仓大佛、长谷大佛，系国宝，为铜造阿弥陀如来坐像。

② 抹茶，采摘茶之嫩芽精制成茶叶，然后用臼碾成粉末状。有浓茶和薄茶之分，主要用于茶道。

③ 煎茶，将叶茶加以煎熬制成的茶。

④ 下谷的武隈，下谷为东京都台东区西半部，以前的城下町，点心铺较多，武隈是和式点心铺的老字号，现已不存在。

制作方法和着色也做了详细的说明，感叹日本这种充满细致的人文关怀的传统美正面临失传。

踏上归途走到大门口，围墙外大佛的偌大侧脸高高耸立，松子不由得抬头望了一眼。在苍茫暮色中，大佛显得黑黝黝的。

“这个会也是很久没参加了，隔了很久来参加，太好啦！”父亲对松子说。

“嗯。”

因为跟母亲见面，所以没有去茶会，这个是告诉父亲还是不告诉呢，松子有点迷茫。

“说是会员的票发出了七百张，恐怕就像高峰时段的满员电车一样吧。听说客人排了三排挤在一起喝的茶。”

“拥挤程度比光悦会还厉害吗？”

松子话里话外暗示父亲自己没去参加茶会，但父亲似乎没有察觉。

父亲左手提着小竹篮的绳子，边走边欣赏里面的秋叶点心。细绳子是用很薄的竹皮搓成，做工精巧。

松子也跟父亲学样，把竹篮拎到齐胸那么高。因为有两个竹篮，就想着给母亲一个。她想，这是母亲般优雅的点心。

“我们在京都再多住两三天，看了红叶再回来就好了。看到这秋叶点心，我就这样想啦！没看到红叶先吃秋叶点心，我们搞反啦！”父亲微微一笑，又说：

“用了幸二的车，连招呼也不打就回来了。心里牵挂着这件事，昨天给幸二君打电话道了谢。听说他是和嫂子一起去的，车里还放着女人的外套……”

松子低下了头。

“听说他哥哥的病还是不好。丈夫病卧在床，自己却和小叔子到京都玩乐，宗广君的媳妇也真够可以的呀！”

幸二的哥哥宗广甩了松子和卷子结了婚，但没过三天便吐了血，从此就一直卧床不起了。

冬宜温暖

一

朝井家里用的是煤气取暖炉。

主人的起居室、饮茶室和客厅共有三个炉子，因每月的煤气费超过了四千五百日元，松子在去交之前来到父亲的起居室报告。

“原来这样，这不算什么。这样我们冬天就不挨冻了嘛。这是人工战胜大自然。”父亲说。

松子嘀的一声笑了：“人工胜了好啊！”

“说到交税，这还算便宜的。煤气费还不到税金的十分之一，而国家收了税是不是像煤气炉那样给我们送温暖，还是个问号啊！煤气呢，确实给我们带来了温暖。”

因负责收费的人等着呢，松子正要站起来却被父亲叫住：

“松子，有话要对你说，你来一下！”

“好。马上就回……”

松子交完费回到父亲的起居室：

“我把爸爸关于国家和炉子的那番高论告诉了煤气公司的人，他们很高兴呀！”说着，她坐到炉子对面。

父亲把小桌拉到炉旁，没有火盆，炉子处于烘烤后背的位置。

这间能铺四张半榻榻米的小屋，朝井既不将其称为茶室，又不将其称为书房，而是叫作自己的起居室。炉子上面吊着铁壶式样带把手儿的锅。

“国家和炉子的那番话，确实是个疑问。炉子的温暖很容易感受到，而国家是温暖还是冷漠，是很难搞明白的。把两个儿子征去杀死——至少炉子不会干这种事吧？当然，煤气开关忘了关，你睡着时也会中毒而死的。”

“哎呀，爸爸您都说了些啥呀！”

“不过，火没有熄灭，火焰熊熊燃烧期间，倒是没什么危险。”

“水马上开了，要不要给您沏一壶来？”

“唉，本来说好今冬要买个茶锅的，总是用这种铁壶有点……”

松子从父亲身后壁橱里拿出茶具，将开水倒入茶碗涮了一下，朝井说：

“你妈妈的炉火，最近烧得怎样呀？”

“啊？”

“那也和煤气一样，火一旦熄灭便成了毒，不是相当危险吗？”

松子虽然默默无语，但茶勺抖了一下，水溅了出来。

“松子，松子你最近见到你妈妈了？”

松子手一哆嗦，圆筒竹刷碰到茶碗边，发出的声响吓了她一跳。

“茶事要沉稳，”父亲柔声地嘲弄她一句，“注意别打坏了茶碗……”

松子的手腕却不能活动自如了。

“不过，或许是由于茶客有问题。《南坊录》[1]里也有明文记载，草庵内外自古禁止坊间闲话。”

父亲把圆筒状茶碗捧在两个手掌中说道：

“可咱们这里既不是草庵，也不是茶室，有煤气炉的茶室恐怕是美国式的吧？美国人占领了日本，用冬天的室温来吓唬日本人。当然，寒冷茶室的文化也并非不高雅……”

松子松了口气，已经泪眼汪汪了。

“但是，茶室也是温暖为佳啊。《南坊录》里还说‘夏宜凉爽，冬宜温暖，炭须利沸，茶须香醇，此乃茶道之要谛也’。不过，所谓‘宜什么什么’，说不定指的并不是火炉加温的实际温度，而是指以待客之诚心和钻研精神让客人心中温暖如春呢。”

“爸爸，请趁热喝吧！”

“啊呀，对不起。”父亲喝了一口。

“现在，我要跟松子说说话，说有关你妈妈的话，我觉得这不算坊间闲话，而是涉及灵魂的话题。有关你妈妈的话题，我也是打算用‘冬宜温暖’的态度来谈的。”

“明白。”

“松子见到你妈妈了吧？”

“是。”

松子并不认为自己的话是被父亲巧妙地套出来的，然而，她还是有些不安。

---

① 安土桃山时代的茶道书，全七卷，南坊宗启（生卒年不详）著，成于一五九三年前后。记载了师从千利休学茶的心得体会等，被称为茶道圣书。也有立花实山九卷本，但有一说认为立花所续部分为伪作。

“只是在八幡宫举行献茶仪式那天见了见面。”

“你说什么？道子来镰仓了？你俩在镰仓……”

闻听此言朝井吓一哆嗦，他皱起眉头：

“她竟然恬不知耻地来镰仓参加了茶席吗？”

“不是茶席，是在八幡宫石头阶梯下面见的面。”

“石头阶梯下面……事先商量好见面的吗？”

“这就是爸爸所说的涉及灵魂的话吗？”

镰仓又不是你朝井的“将军膝下”[①]，踏上镰仓的土地难道不是母亲的自由吗？松子产生一种抗拒，真想顶一句：父亲你才需要提醒一下“茶事要沉稳”呢！

母亲似乎更直率地问询了父亲的近况。

对母亲来镰仓一事，当时松子也感到没面子，但那是因为担心被别人看见嚼舌头。能说母亲因为在镰仓犯了罪就成了被禁止入内的人了吗？

而今的情人邀请她去近代美术馆参观塞尚和雷诺阿[②]的画，只因为镰仓是前夫所在的城市，母亲就加以拒绝又如何呢？

“那次献茶仪式是我们从京都回来就马上有的啊。是去年十一月的事吧？其后松子就一直没见你妈妈？”

“没见。”

朝井没有把茶碗送还松子，而是亲自续水静静地喝着。

---

① 此说法源于镰仓曾是“征夷大将军”源赖朝于一一九二年开辟镰仓幕府的大本营。这里是作家表现松子内心独白的调侃说法，将松子父亲比喻成“将军”，而对其所在之地不许一般人擅入之专断表示不满。

② 皮埃尔·奥古斯特·雷诺阿（Pierre-Auguste Renoir，1841—1919），法国印象画派著名画家、雕刻家。早期作品记录真实生活，十九世纪八十年代中期，从印象派中分裂出来，转向人像画及肖像画。代表作品有《煎饼磨坊的舞会》、《船上的午宴》等。

朝井常常拿出这种赤乐茶碗喝开水，他就像喝淡茶时一样，将茶碗捧在手掌心喝着白开水。松子从父亲这个姿势里看到了父亲的衰老。

二

父亲所问的“你妈妈的炉火，最近烧得怎样呀？”当然一定是指母亲和绀野的恋爱，父亲恐怕是想问问母亲是否幸福。

或许父亲既不认为母亲和绀野是真实的恋爱，也不认为是正常的幸福。

火焰燃烧着期间尚好，而火一旦灭掉就会变成杀人的毒药。那么，母亲的狂热冷却了会不会自杀呀？松子想，说不定父亲正在担惊受怕这一点？父亲的这种担心似乎已传染给了松子自己。

“要是从去年十一月算，已经三个月了。松子怎么三个月没和你妈妈见面呀？”朝井问道。

“什么叫怎么……”

松子没法回答了，她感觉父亲好像有点反向质问。

“为什么问这样问题呢？”

朝井愣了一下，然后说：

“你是反击吗？”

“松子我不明白您的意思是不许见呢，还是不见不行呢？”

“啊呀，就算两者兼有吧！不过，为了摸准我的心思来试探，不是太狡猾了吗？”

“哎哟！猜摸试探的，是爸爸您自己呀！”

“是这样吗？”父亲笑了，松子也笑了。

“不过，我没有见道子，道子也没有见我。但松子和我，和道子都见面。从这个处境来说，松子变得狡猾点不是自然而然的吗？那么我呢，要想了解现在道子的情况就只有向你松子刺探啦！”

松子低下头，沉默了一会后说：

“在八幡宫见妈妈时，妈妈劈头就问‘你爸爸……’，一时之间不好回答，就反问道：‘妈妈您怎样？’”

“是这样吗？你喜欢将计就计地反击呀！年纪不大，是个坏毛病。是不是父母分手，女儿都会这样啊？”

“哎呀呀！”

“那么，对松子你的将计就计，你妈妈是怎么回答的呢？”

“她只是说了声谢谢，然后我再次问：妈妈，您现在……妈妈只是轻轻地摇了摇头。”

“原来这样。”

朝井举起手，慢慢地在后脑部抚摸。

可能是火炉从背后把他那大秃头烘烤得有点热了吧？虽然光滑的皮肤令松子不免想摸上一把，但尽管是自己的父亲，和头部连接的粗脖颈上那松弛的厚肉也有点烦人。

“我和道子的缘分已经尽了。对吧？”父亲用不容置疑的口吻说。

“可是，你妈妈和松子你的血缘并没有断吧。就是道子做下错事当时我最痛恨她的时候，我觉得我也没有强迫你和你妈妈断绝母女关系。因为一则母女关系并不是说断就能断得了的，二则道子对两个继子也确实疼爱有加呀！儿子呢，虽然两个都不是死在她身旁，但他俩一直到死，也肯定非常感谢这个继母。这是千真万确的。想到这些，我就没考虑因为自己的怨恨而让她的亲生女儿活生生离开她的生身母亲。”

松子一时没能理解父亲的话。

“虽说是继子，但把哥哥们从小拉扯到大，有整整十五年的母子亲情啊！”

在那些岁月，母亲付出多少牺牲，松子恐怕也是无从了解的。

“说的是呀！真的不像继子继母。”

“现如今说起这些话，是因为爸爸怨恨妈妈啊！”

“我感觉也不光是怨恨，不过，难道你妈妈没有干过招人怨恨的事儿吗？”父亲把手从头上拿开，然后，一边往茶碗里续水一边说：

“道子不是把松子丢下不管了吗？不过，现在来说这个没有意义。我想说的是松子你的位置，你既和我是有血缘的亲子关系，和道子也是有血缘的亲子关系，同时和死去的两个哥哥同样也是有血缘的亲兄妹关系。”

松子点了点头。

“即便两个哥哥活着道子也没有出走，和四个人都有血缘的也就只有你松子一个。即便是哥哥死去道子离家出走的现在，松子的位置也没有变化。原来的家庭四名成员即便消失了离去了，也还存在于松子的血液里。在松子心里，仍然紧密相关。也就是说，我是想请松子你为原来四位家人诵经念佛祈求冥福的呀！”

松子看了父亲一眼。

“便是我，这处的血管噗的一声爆裂了的话……”朝井又摸了摸自己的后脑勺。

“料理后事除了靠你松子难道还有别人吗？”

“这话我不爱听，爸爸……”

“开个玩笑啊！要我命的只有脑溢血。只是嘎巴一下死了就算交代，对死者，别人大可不必为他担忧，只是偶尔回忆一下也就是了。不过，你妈妈很快就要有种种危险，那种时候你妈妈如果想依靠松子，我是不打算阻拦的啊！松子你呢，也不必藏着掖着地去跟你妈妈见面。因为松子的人生就被放在这样的人际关系中了。”

松子感到父亲喝的温热的水似乎要从自己的胸中流过。

“这是因为，假设道子寻求救助或安慰，唯有你松子一人。我要是发生脑溢血，谁也救不了。不过你妈妈呢则不同，今后说不定会出现有人救她她就能得救的情况。”

“我明白了，妈妈也会很高兴的。”

“嗯？但我可不是为了让你妈妈高兴，我也不想让你把这话传给你妈妈，只不过是不想让松子你作难，只是尊重松子你的人际关系，给松子你自由罢了。给了松子你恋爱自由，似乎也应该给你血缘关系上亲情的自由呀！”朝井接着说。

“不过，我可要有言在先，我也不想让你充当我和道子之间的调停者或侦探，仅此一点我要说死。听到了吗？你可不要用自己的伤感来约束老人呀！”

“是喽。”松子声音沙哑，无话可说。

她一动不动地坐着，马上就要哭出来，于是便拿起装着茶根的水罐站起来一下，然后走出去了。

三

松子本来打算用半顶嘴的口气告诉父亲，说母亲诉苦说自己过的是奴仆的生活，还有对两个继子的死母亲是何等悲痛欲绝，但最后还是没说。

松子回到父亲的起居室，看到父亲头枕胳膊躺着，身上盖着围毯。

松子一边看着炉火一边说：

“要不要给您铺床？”

“啊，铺了床叫一下按摩师。”

松子把院子里的红梅摘了来，换下了父亲起居室里的花。

父亲在按摩师的按摩中安然入睡了。

父亲在和松子进行了有关她母亲的“宜温暖”的谈话之前，也就是说在允许松子恢复正常的母女关系、允许其自由和母亲见面之前，恐怕也曾感到过痛苦和凄凉吧。

虽然母亲对松子两位哥哥的死也很悲伤，但由于并非自己亲生，其程度和父亲的悲伤毕竟不同吧。说不定正是随着连丧二子打击的加深，父亲才想到要让出走的母亲和她的孩子恢复亲情关系的吧。

父亲在家时，总是窝在仅仅四块榻榻米大的起居室，睡觉也是在那里睡。

如果母亲在家，这间四块榻榻米大的起居室是放不下两套被窝的。母亲在的时候，父母二人是在能铺十块榻榻米大的客厅休息的。

父亲把这个细长的小屋作为卧室，由此松子对父亲的孤寂也能感知一二。

松子油然忆起那个阴雨的冬日，她在有乐町等待高谷宗广三个小时被“放鸽子”的事情。报社的电子新闻不知读了几十遍。朝一个方向没完没了转来转去的电子文字和松子眼睛之间，下着纷纷扬扬的雨夹雪。当松子不再抱希望站起身来的时候，脚已经冻僵不能走路了。看来就不应该一直坐着的。如果等个把小时，可以在月台上来回走走，但要是等两三小时，那就只好坐等了。宗广就是再了不起，也没有道理让人白等三个小时。不过就是松子明知他不会来，却抱着万一能来的念头而一直呆呆地等待罢了。

小腹冰凉地回到家，母亲说："这就是女人！"给女儿喝了葡萄酒。

就是那位母亲，如今和年轻的男子蜗居在廉价的公寓。

现在，母亲还是像忠于父亲那样，是绀野的"忠实奴仆"吗？母亲和父亲年龄相差悬殊，而和绀野也是相差悬殊。不过这个差距前后正好相反，这一点难道也是不走运的母亲的标记吗？

母亲是父亲远房亲戚家的姑娘，原本是因家道中落而被收养过来代替保姆的。

"我感觉我的身份也与你父亲以及前面的太太不一样"，"又受到前面太太的调教"，母亲对松子这样说的情况也是不假的。

绀野本是松子大哥敬助的同窗。

敬助战死时，作为"英灵的遗文集"，家里曾整理并自费出版了敬助的日记、信件及和歌等，担任编辑工作的即是绀野。而提出出版动议的，是松子母亲。

敬助的遗文中，表达得最强烈的是对继母的感谢和爱。

从战地寄来的信件大多是直接寄给母亲，对敬助的高调倾诉母亲使用慰问的文字回复，故而对敬助的真情并非不知。

但是，母亲在敬助死后阅读其日记，异乎寻常地感动，甚至可以说乱了方寸。从没有人对她表达过如此般的纯情，她甚至想，自已以前逆来顺受的灰色日子是不是将要大放异彩了呀？

看了敬助的遗文集，父亲也为继子对继母的敬慕感情惊诧不已，有了几分重新审视妻子、开始珍视妻子的意思，他对松子说自己的妻子是“灵魂丰润细腻的人”。

从那时起直到日本投降后，绀野一直是家里的常客，母亲似乎希望松子和绀野结婚。

但父亲以强烈的口气吐露一句自己的反感：“我讨厌那小子的眼神。”对父亲这句话，松子颇有同感。

另外，也因松子当时还爱着宗广。

在母亲为绀野离家出走时，松子不由自主地感到，其中母亲似乎有着某种令人心酸的对绀野的误判。

即便如今父亲已经松口，但对自己去不去绀野的公寓看望母亲，松子依然举棋不定。

不过，父亲给了松子见母亲的自由，解放了松子的心。似乎对宗广的爱的伤痛也变得有了自由似的。

她想去看看宗广。

宗广住在镰仓与江之岛之间的疗养所。

持茶花之人

一

江之岛的电车是单线列车，故而，在车站等待列车交汇时间很长。

松子从电车车窗眺望车站上方的住家。

这个住家院子被削掉一部分，断崖下道路上建有电车站。父亲的朋友木崎就住在这里，所以每逢电车在这个车站停车，松子总是要抬头仰望这户人家的。茅草苫顶的院门和细长状平房坐落在松林之间。

几乎和松子仰望同时，木崎出现在茅草苫顶的院子里。他左手抓着大约是从门上的邮件箱里取出的邮件，并就地撕开信封阅读。右手拿着一小枝山茶花，花仅为一朵，他用拿花的手来展开卷着的邮件。

“木崎先生！”松子几乎就要叫出声来。那是只要打开电车车窗发出声音就能听得到的距离。

木崎老人为什么要拿着花呢？或许是散步归来无意中摘下的？不过从松子的角度看来十分有趣。因为拿花有点妨碍打开卷着的信件，好像要扔掉，但又没有扔掉。

木崎边看信边慢腾腾地走着，他身穿一件没有袖子的长外套，没戴帽子。

或许因为住在铁路边，又是身在自家院子里，所以木崎对电车毫不介意，可能连手中拿的山茶花也忘记了吧？

与木崎进入玄关脚前脚后，他年轻的妻子拉着女孩的手走出院门。她们是从院子中间小跑着消失在门外的。从那轻快的步伐看来，她们显得很快乐。母亲穿着和孩子一样的毛衣。

松子一时想不起孩子的名字，她自言自语道：

“是不是有七岁啦？”

木崎一家三口根本没有想到自己被电车里的人窥视，他们出现在松子眼前纯属偶然，唯其如此，松子感到很好玩。

虽然木崎年龄比松子的父亲小，但也年近花甲了，他续弦的妻子还不到三十岁。用松子父亲的话说，像木崎夫人那样没有任何不安、任何不满，对丈夫深信不疑，从骨子里彻头彻尾依赖丈夫的夫人实在罕见。

“看样子木崎对年轻的夫人真是疼爱有加呀！夫人呢，则心安理得地恃宠撒娇。的确是天作之合、夫唱妇随呀！看这对夫妇的情形，女人或许还是和老人结婚的好。”

“爸爸您说得太离谱啦！”

“在松子看来，男人三十岁就算老了吧？”

“这个，对呀！”

“那我就没话说了。”

“夫妇年龄悬殊如亲子，这我无论如何也接受不了。”

“可是，所谓夫妇确有某些地方像亲子呀！有时丈夫扮演父亲的角色，有时妻子扮演母亲的角色，否则，就难以和谐。还有二十岁的妻子服侍六十岁的丈夫，口口声声称呼为‘我的小宝贝’的呢！”

“哎呀我的妈！真肉麻！”

“即便松子你，不也有时将我当孩子来疼爱吗？”

“将父亲叫成‘我的小宝贝’，我可叫不出口！”

“即便叫不出口，恐怕也有时把我当成小宝贝的吧？即便没有当成，不知不觉之中也会有把我当成小宝贝来对待的吧？”

“果真如此吗？”

松子有些害羞，目光蒙眬。

“女孩有时对父亲会表现出一种母性的爱怜，特别是没有母亲的情况下，似乎会觉得父亲可怜。”

“爸爸您要是也像木崎先生那样，娶个年轻的妻子就好啦！”

“已经有点晚啦！不过总是你我父女二人过日子，说不定会影响松子你结婚的。”

“哪有的事？”

“女儿最好不要过于牵挂父亲，牵挂父亲的女儿，婚后有时无法和丈夫相处得水乳交融。女儿嫌弃难以应付的父亲，其婚后生活反倒会幸福。”

松子沉默不语。

“我并不是个特别牵挂父亲的人，太好了。”

“这样啊？婚后要是觉得还是父亲比丈夫更好，我呢，也是喜忧参半啊！”

“不过，那是另一码事啦！”

“父亲和丈夫？当然是两回事，不过好像也有时不是两回事，我说的是在女人的内心深处……就拿木崎的夫人来说，她自己或许没有发现，但说不定她的特点是把一个男人兼当丈夫父亲两个角色而心安理得。”

“只不过日子过得安生罢了。”

“可日子一旦过得不安生，什么夫人的年轻、美貌，又能支撑多久呢？”朝井看着松子说，“先和年轻小伙子恋爱，然后和老头子结婚，其后再和年轻小伙子再婚，说不定这样更有趣啊！”

“即便有趣，但做不到啊！如果松子我和老头子结婚了，便是父亲不是也不愿意吗？”

“不愿意，龌龊。”父亲皱着眉头说。

“龌龊吧？”

“要是自己女儿，会觉得龌龊，可是看到木崎夫妇，反倒觉得纯洁和睦，这很奇怪。使人不禁感慨人世间居然有此等幸福。或许和木崎夫妇的人品有关，也许人品好的人结合了会感觉良好，与年龄无关。”

“如今和以前不同了，即便年龄相差二十岁、三十岁，夫人也不觉得不好意思……”

“是啊！丈夫要是个老人，年轻的妻子会更加坦率。”

“啊呀！原来爸爸这样看呀！”

松子本来想说，因为爸爸您是羡慕木崎先生，但没有说出口。

在松子听来，父亲的话半真半假，然而，父亲在说到木崎的年轻夫人的同时，肯定联想起松子的母亲。松子难以轻松地对答了。

松子的母亲也是个年轻的妻子，但父亲没有像木崎那样对妻子的青春年少加以明快而率直的疼爱。严重点说，难道不是压抑和扼杀了妻子的青春年少吗？幼年时的松子一向认为自己长在幸福而和平的家庭，但在母亲投向年轻的绀野怀抱的现如今，松子对以前父亲对待母亲的态度也产生了怀疑。父亲开始珍视妻子时妻子却离家出走，这件事恐怕也是父亲受到的报应。

“木崎的确品德好呀！”父亲说。

“那个男人简直就像没有一点争强好胜的心思，所以顺其自然地获得了成功。无论是工作，还是职位，他从不和别人争抢，或者击败别人自己上位，可他却偏偏总能稳定地上升。就连他那年轻漂亮的妻子，他也完全是一副受之于天的面孔。现在这房子也是如此。紧挨着铁道不说，又小又脏，对木崎来说简陋得与身份不符。然而，木崎却心满意足地住着。你看着吧，不久就会有人找到好房子，来劝他买了搬过去……他会说：是吗？然后来者不拒地买下来搬过去。金钱，他悉数交给妻子；而妻子呢，在零花钱问题上从来不让他受委屈。如果说妻子是天官所赐的美女，那么妻子要是生活不幸福，岂不是对不起老天爷呀？”

“天赐一般的好夫人……”

“妻子看起来很幸福，那不就是好妻子吗？此外就没有衡量妻子好坏的标尺了。”

“啊呀！这仍旧是父亲从男人的角度极其武断的看法啊！”

“也许如此，不过对于女人的看法，看样子我倒是没必要改变了。如果天公授予我个美人什么的，那另当别论。”父亲好像要甩开松子似的说完，就把脸转向一边去了。

松子从电车车窗看到了幸福的木崎夫妇。电车为了错车而长时间停顿也罢，刚好木崎和妻子出现在院子里也罢，松子油然感到这都是并非偶然之偶然。

想起和父亲的谈话，面对被窥视却浑然不知的木崎夫妇，松子脸上不由得现出笑容。

即将去看望宗广带之而来的迷茫、负疚、酸楚以及那浓重的阴翳俨然减轻了几分似的。

松子又想到，再见一见宗广，是不是就能和自己心中的宗广诀别了呀？

然而，松子直到坐上电车，心中仍在犹豫，不过，见到木崎家的人才使她复杂的心情有了几分缓解。

二

电车一来到七里滨，便看到右侧小山上的松林里升起了淡淡的烟雾，疗养所应该就在那前面。从电车上也看得见沙地小松林中那长长的屋顶。松树被沙尘污染，现在难道已经到了松叶颜色开始泛黄的季节了吗？

尽管三月已近在眼前，但却是连续不断的阴天，比隆冬一月还要寒冷。松子走上石阶前往沙丘，一进疗养所的院子，走过长长走廊，松子感觉自己所穿的旧拖鞋里也灌进了沙子。

接待室只是告诉了她病房号，并没有代为通知，所以对宗广来说，松子的来访完全是突然造访。

一敲门，“哪位呀？幸二？妈妈？”传来了宗广的声音。看样子宗广以为是弟弟或者母亲，并没有站起身来去迎接。

“谁？卷子？”

如果是弟弟或母亲，会仅仅敲一下门，不等回答便走进屋里。宗广感到门外的人似乎有些犹豫，可是，为何就想到会不会是卷子而喊出妻子的名字呢？

可是，松子听见宗广叫起妻子的名字，不便继续站在门外，便推门进了屋。

“啊！是松子小姐呀……”

宗广把头从枕头上抬起，凝视着松子。

松子手里拿着一把白色的康乃馨。

虽然不太了解哪种花象征什么，但在松子想来，粉色康乃馨代表爱情，所以她买的是清一色的白花。当然也并非没有想到是不是买点水果或糕点，但买食品类又怕万一宗广不吃。虽然宗广不可能忌讳到连松子带来的东西也不吃的程度，但松子竟然连带什么小礼品这么点小事也拿不定主意，使她感到其中也有着某种女性的弱点。

松子自然下垂的左手拿着白色花束本来举在腰际，一经碰上宗广的视线，她的手似乎变得僵硬了似的，又往上边提了提。

宗广目光中似乎有惊异，又有恐惧，恐惧瞬间消失了。眼白发青，那是因为病的缘故。

“难为你找到了这里。”宗广说着，把半个脸贴放在枕头上。

“家父从幸二先生那儿听说你在这，就想来看看你……”

“令尊从幸二那儿……原来这样，谢谢！”

“你身体怎么样啊？”

“开春就打算出院了，我马上起床，请你等一等！”

“不必起来啊！”

“倒不是什么逞强硬要起来，只不过是因为太冷才睡进被窝，每天都起床的，好天还到海边去呢！”宗广以反驳的口气说完，又接着说道，“想不到松子小姐能来看我。我以为我就是死了你也不会来吊唁我的。是不是听说我病不好了，想趁我还没完蛋赶来看我一眼呀？”

“瞧你说的！”

“令尊大人是什么时候听幸二说的啊？”

“那还是从京都回来，去年十一月。”

“十一月……十二月时我就不太好了，从十一月到现在，松子你为了来看我竟然考虑了三四个月呀？”

“从更早的时候就想来看你了。”松子眼圈湿润了。

“这样啊？不过，我得问一下，我要用怎样的心情来接受松子小姐的探望才好呢……是让我向松子谢罪，还是让我辩解？是让我回忆往昔，还是让我忘记往昔呢？”

“你是在问我吗？”

“我受到惩罚了，现在也还在受着。”

“我不记得惩罚过你高谷先生，不过是你自己离我而去的，难道不是吗？”

“你是说松子你不动感情地静观这些吗？”

“不动感情？”

“我呢，每天努力做到不动感情地静观大海……也是为了休养啊。”

“对我，你也可以不动感情地静观呀！”

“不过松子你呢，怨恨我，或者怜悯我吧？那么，我就没办法不动感情地静观松子你了。”

“我做不到回过头来对自己所爱的人怨恨或者怜悯。因为我是个女人……这就是女人！”

松子用了母亲的话。她想起被宗广“放鸽子”绝望地回到家的时候，母亲说她的话。

“不动感情，要说不动感情，也许我也正是为了变得不动感情才来这里的呀。”

“不管怎样，卧床不起者不是健康人的对手。”宗广半开玩笑地说着，猛地坐起身来，把松子吓了一跳。

“你行吗？我马上就要回去了。”

“那我就不动感情地送送你吧！”

宗广一下床，就在松子眼前脱下豪华的睡袍，又随意地脱去睡衣。

松子扭过脸没有直视。虽然宗广里面穿着贴身内衣，但也有所裸露，松子一瞬间强烈地意识到自己是个与宗广有过肌肤之亲的女人。

松子走向病房角落的小桌子，她背朝着宗广，将康乃馨插入玻璃花瓶，以这样的动作来让自己的心跳平静下来。

“你在弄花？”宗广走过来，他提着浇花水罐，松子接过。她看到宗广的衬衣后背起了皱褶并在腰带上部堆出一个鼓包。

自己曾帮宗广展平皱褶将鼓包部分掖进他的裤子里，松子回忆起这些不免心如刀绞。

水倒入花瓶，尘埃漂了上来。松子将脏水倒到窗外，换上新水。桌子上也积了薄薄一层灰尘。

宗广穿上毛衣，将胳膊伸进外套的袖子里，这个穿衣顺序松子不看也谙熟在心，这再次让松子油然忆起那些帮他穿衣的日子。

松子再次感到病房里有几分荒芜，或许是由于房屋和季节的因素，看不到主人精神层面的生机与情趣。

“让你受等啦！”宗广说完这句话，松子转过身去和宗广打个照面。

“比以前胖了吧？”

松子点点头，她真实地感到身材魁梧的宗广就近在眼前。

“说不定是浮肿那种虚胖，好在晒了晒太阳，可以蒙混过去。”

宗广的浓眉部位没有变化，但下眼睑松弛无力并有些发黑。不过，嘴唇依然很受看。

松子想，是不是要赶我走人，送我去电车站啊？但宗广离开大路从混凝土悬乎乎的阶梯走下，来到了海边沙地。

“你穿的是高跟鞋呀，高跟鞋在沙地不好走啊！”他回头望了一眼松子：

“高跟鞋走沙地，后脚跟的鞋印要留在沙地上的呀！”

“是吗？”松子回头看看脚下，“你看过哪位女士的鞋印呀？”

可能是他妻子卷子来看望时的事情吧？

“每天在海边散步的年轻情侣多了去啦！我呢，在沙地边休息边目送人们的足迹，就能辨认出高跟鞋的脚印了。”

“这样啊？”

“无聊透顶啊！”宗广自嘲似的耸了耸肩膀，“松子小姐，你说是在京都见到了幸二？”

“见到了呀！”

“没从幸二那听到什么？”

“没有。”

“那是不是我得把为什么没和松子结婚而和卷子结婚的原因说一说呀？”

宗广说着，静静地眺望着海面。

虽然微弱的阳光照射着，但水平线混混沌沌，海水长天浑然一色。

浪里夕阳

一

望着大海的宗广突然一回头，松子便将自己的视线迎上去想和他对视。

但宗广的目光却避开松子而望向疗养所的屋顶。松子也回过头，跟随着去眺望屋顶。

“好不容易走到海滨，第一次从这里回望疗养院时，感到有点怪怪的。因为原来总是从疗养院的窗子眺望大海和海滨沙地的吧。”宗广说。

“那是什么时候的事呀？”

“第一次来海滨沙地吗？那是去年九月末。当时啊，我是没和松子你结婚，但也并不是和卷子结了婚。我觉得我是和那座疗养院的屋顶结了婚了。你明白和疗养院的屋顶结婚是怎么个意思吗？”

“不明白。”松子将视线垂下。一想到宗广是在胡说八道，她反而不忍直视宗广的脸了。

“结婚没过三天，便吐血病卧在床了。你听说了吗？”

松子点点头。

“你会认为这是报应，觉得活该如此吧？”

“宗广先生你认为我会那样想吗？”

松子想说：唯有悲痛，岂有他哉？但她没有说出口。因为刚才宗广的话听起来令人感到他薄情寡义。

“我的身体是不能结婚的。”

“不能结婚的身体，那是没有的。”松子说，女人既有和残疾人结婚的，甚至也有和死人结婚的；既有女人一厢情愿地和出征未归的人结婚，也有女人发誓和战场带回的遗骨结婚。

“松子你幸亏没和我结婚啊！”

“是真的吗？假如我和某人结了婚，刚结婚对方就阴暗乖僻、妄自菲薄，我心里会很难受的。”

“不让病人阴暗乖僻、妄自菲薄很难啊！”

宗广自言自语地说完，坐到了沙地上。

松子一直站着，她那黑色外套的腰身部位被微微向上勒得紧贴着腰部，宗广抬头望着她那杨柳细腰。

松子轻轻后退一步，蓦然想起一句话，那就是：“没有性关系的恋爱随时可以作废。即便作废，也不留任何痕迹。”这是明治时代小说家小栗风叶[①] 小说《恋情降温》中的一句话。松子有一次读了这篇小说，感到难以接受，曾认为不可能有那种情况，所以记得很清楚。

那么，曾有过性关系的恋爱，一旦作废会剩下什么呢？

松子的细腰被人偷看，就和一般女孩单纯的羞耻心有所不同。

---

① 小栗风叶（1875—1926），日本小说家，生于爱知县，本名加藤矶夫。曾师从尾崎红叶，同泉镜花等被并称“红叶门下四天王”。写作风格从砚友社笔法渐转向自然主义。代表作有《虚无僧吹箫行脚》《青春》等；《恋情降温》发表于明治四十一年（1907），其中乱伦内容被指有伤风化而遭禁。

就是说，曾有过性关系的恋爱即便作废，总会剩下点什么吧。松子的外套前后都经过了独特的加工，下摆加宽，外加小立领包着粉颈，似乎一派公主范儿，给人一种娇滴滴的感觉。宗广以外的男子恐怕没有人不认为这是一位清纯的姑娘。松子自己也觉得自己似乎回到了那种少女时代。然而，只有宗广了解所有的隐秘。松子对宗广目光中的触觉感到恐惧。

“松子小姐，在京都从幸二那里听到些什么了吧？”宗广再次问道。

“没有。仅仅是在光悦会上见了一面而已。”

“那小子是个糊涂蛋，不知嫂子跟他说了什么，就乖乖陪伴嫂子去了京都。他可能是打算安慰安慰新婚伊始丈夫便病倒在床的嫂嫂吧？他可能以为要是不加安慰，嫂嫂就会跑回娘家去。松子你也见到了跟那小子在一起的卷子了吧？”

“没见到。”

“用不着隐瞒。”

“我有什么好隐瞒的？”松子的声音都有点发颤了。

只看到了胡乱扔在车后座上卷子的披肩和外套，她仅仅感觉到这可能是卷子的东西，就奇怪地乱了方寸。

然而，现在，她不会告诉宗广她只是看见了那些披肩和外套。只是，相比她眼下与宗广会面，在车里见到卷子的披肩和外套似乎更刺疼了她的心。这难道就是燃起意想不到的嫉妒的猛烈之火了吗？

就是现在，难道自己没有背着卷子和宗广见面吗？松子弯下腰，将手插进沙子里，朝着宗广看不见的方向并拢了双腿。

二

夕阳的余晖从江之岛方向沿着海面流洒过来，一绺光带银光闪闪，似乎从波浪间向松子和宗广的方向滚滚而来，但却没有爬上沙滩，而是在二人前面的水边消失了。

宗广手托着一侧腮帮问道：

“你没有听幸二说过哥哥的信的事？”

“哥哥？”

“松子小姐你的哥哥呀！你二哥照雄君……照雄君和幸二是一个学校的，他从战地写来的信，说的就是那封信呀！”

“没有。没有听说。”

“你是说什么都没有听说啊！”宗广自嘲似的笑了笑，沉默了一会然后说道：

“照雄君战死之前给幸二来的信里写道：你能不能和我妹妹结婚啊？”

松子惊愕地看了一眼宗广。

“照雄君希望幸二和松子小姐结婚的呀！你不知道吗？”

松子屏住呼吸摇了摇头。

“是啊，松子还是个学生……”

“那封信，宗广先生你原来就知道？”松子反问道。

“因为我弟给我看了信……我弟他比照雄君小两三岁，他倒是无辜的……”

宗广在和松子相爱之前和相爱之时，都没有透露照雄君的来信内容，到了已经分手的今天才说出来。

松子从没听幸二说过，而照雄君战死后，他给幸二的信便成了遗嘱一样的东西，那么幸二是如何受之的呢？他又怎样看松子成了自己哥哥的情人这件事的呢？

松子竭力试图重新回想自己尚为女学生时开始的与幸二的交往，但宗广打断了她的思路说道：

“恐怕是照雄君出于远离故国的感伤情绪主观臆断的空想吧？松子小姐的两位哥哥从战地寄来的信，感情大体都是偏离常情，怪怪的，敬助先生的信不是由你妈妈出版了吗？我想起寄过来的遗文集，拿给我父母看了，父母二人异口同声地说：这种母亲的女儿还是不娶为妙呀！因为想跟松子结婚这种话，我对父母也说过……看了敬助先生的信，觉得这不是一般继母和儿子的感情——我老娘是这么说的。”

“啊？！”

松子愕然了。

“倒不是我怀疑……”

“你说得太离谱啦！你净想那些乌七八糟的事情。敬助哥是敬慕母亲，怀念母亲，感情是纯真的……”

松子声音颤抖，说不下去了。

“我也是那样认为的。敬助先生没有恋人吧？于是乎在战地自然而然地把漂亮的继母当成永恒的女性偶像了。总之，那不是写给母亲的信，而是向自己向往的女性倾诉情愫的信。或许敬助先生自己没有察觉，但他是怀着那个幻梦的。松子小姐的母亲竭力在压抑自己内在的具有女人味的魅力，正因为这样，一旦离开身旁，反而更加具有吸引力。”

“什么吸引力？我母亲岂是那种……母亲只不过是对哥哥们好而已。”

“可是，其后不是又出了绀野那档子事了吗？我家老爹老娘说：你看看！你看看！我们说得不错吧？”

说是因为松子是那种母亲的女儿，闹了半天就因为这，宗广父母才反对宗广和松子结婚的。宗广家恐怕还调查了松子母亲的家庭背景吧。家道中落，其女儿被娶过来代替女佣而成了续弦，年龄也相差悬殊。这样的她离家和年轻男人私奔了，而男人又是其继子的朋友。宗广的父母反对倒也不是毫无道理。

“你说一定要说说原因，指的就是这件事？”

“没有和松子小姐结婚的原因……”

“嗯。”

宗广没有回答，两道浓眉紧蹙，一脸阴沉。

不过，在松子想来，宗广离她而去比母亲离家出走要稍微早一些，难道当时已经传出了母亲和绀野的绯闻？会不会是宗广的父亲让信用调查所调查，其调查报告上母亲被恶意贬损了呀？

当时，就连松子也真有点怀疑，是不是母亲在绀野身上看到了死去的敬助的影子？她又觉得母亲好像怀着某种可怜的错觉。

外人读了敬助给母亲的信，或许会感到怪异。因为敬助的信对宗广的父母来说，是了解结亲对方家庭的素材，故而他们读得肯定相当认真，并带着探索和猜疑的目光。

母亲，成了和宗广结婚的障碍，对此，以前松子没有深究，她太粗心大意了。

想到都怪母亲，松子的痛楚有几分减轻。宗广对她的薄情也有几分可以怪罪到母亲头上。宗广的父母反对，这毫不怀疑。但宗广果真是由于屈从父母的反对意见离她而去的吗？松子并不这样认为。

宗广自身一定有某种要和松子分手的理由，松子身上也一定有着令宗广与其分手的某种原因。

在宗广似乎疏远自己后，松子还仍然相信他。当得知他和卷子结了婚，松子与其说是愤怒和憎恨，更多的只是惊诧莫名。自己好像被人猛推一把，连个抓挠都没有地坠落在地。与其说悲哀，莫如说是恐惧。松子实在不明就里。

然而，松子不由得在内心反思：正如现在和已经分手的宗广如此一起坐在沙地也不能了解宗广一样，还在相爱时他俩彼此究竟互相有多少了解呢？松子的心多半未能与宗广沟通便被埋没在往昔了。

如此说来，松子又油然想到自己的父亲和母亲也是一样，尽管常年生活在同一个屋檐下，但因不能互相理解而分道扬镳。难道这其中也白白埋没掉了很多诚心真意吗？

大哥敬助从遥远的战场寄来的憧憬母亲的心，也因为他的战死消失到何处去了呢？

另外，松子甚至不由得联想到，二哥照雄希望松子和幸二结婚的心，母亲希望松子和绀野结婚的心，现如今都被埋没在何处了呢？

母亲的心，也可以说既没有被埋没，也没有消失掉。因为母亲喜欢绀野，曾经希望让女儿与其结婚。而女儿呢，没有照此去做，所以自己就和绀野结婚了。总之，母亲对绀野的爱是贯串始终的。说不定就是因为松子拒绝了和绀野的婚事，藏在母亲内心深处的爱才显露到外面。如果相反，松子代替母亲和绀野结了婚的话，母亲一定至今也还和父亲在平安无事的家庭度日呢。那母亲就根本不会出事了。这虽然是奇怪的空想，但却并非毫无根据。

还有，敬助的信也是如此：尽管“后方”和战地相距遥远，但母亲二十余年疼爱继子的心却与他们交流顺畅，甚至有过之而无不及，固然敬助、照雄两兄弟没能生还，但也可以看成母亲的心得到了以心换心的回报。这一点也得到了父亲的理解，就在母亲背叛了父亲的现在，父亲还对松子说了，对她们母女血缘关系的自由来往网开一面。因为敬助的信，母亲受到无端猜忌，或许给其女儿的婚姻带来意想不到的障碍，即便如此，无论怎么说，母亲对两个继子的爱是贯串始终的——松子是不是必须如此来为母亲辩解，认为那也没什么呀？虽然这道理有点离奇，但也并非毫无根据。

父母虽已然分手，但现在两人之间是不是还有着某种饱含深不见底的怜悯和体恤之心在息息相通呢？

如此看来，松子不由得又想道，自己倾注到宗广身上的爱，也并没有被埋没而消失殆尽，说不定迟早还会旧情复燃呢。

照雄从战地来信求问幸二可不可与松子结婚，这也肯定是对松子和幸二的爱，难道过世的哥哥的牵挂之心也迟早会发挥作用吗？

宗广明明知道照雄的信，至今为止却一直对松子只字不提。松子对宗广的这一点，心情上有几分怪罪；另外，松子又开始回顾，幸二不对自己说又是为何呢？

松子的这种心理活动不正是照雄信件发挥作用的证据吗？

松子突然站起身来，又弯腰看看袜子是否粘上了沙子。

宗广也茫然呆立。

“那个，江之岛上亮着的灯，是什么呀……”

“那叫和平塔呀！”宗广懒洋洋地答道。

和平塔的钢铁骨架在江之岛的正中赫然挺立。

大海里已看不到夕阳余晖的反光。

松子想要往疗养所的方向送送宗广，而宗广却走向相反的方向。

“还什么都没有谈呢！”他自语道。

“我可听了不少了。”

“都是些无关紧要的话题……”

“我可不是来说话的，我是来告别的呀！你还没有向我告别呢！”

“啊？你要结婚了？”

“哎呀！你问得太离谱啦！要是定了结婚，我怎么可能来你宗广先生这里？”松子显示清高地说道。

狗突然一阵急吠。这里有个狗窝，是用木板下脚料钉的，以混凝土海岸作为一面墙搭起来的。锈迹斑驳的窝顶铁皮恐怕也是捡来的。只有入口，没有窗户。这还不算，入口还堵着一些东西，狗要进入需要爬上去。窝里拴着一条长毛白狗。

“尽管如此简陋，它也认为是自己的家，所以才叫的。我从这走过几次，每次它都冲着我叫。”宗广对着狗招招手，狗便跑过来，那烂眼圈的双眼变得炯炯有光，似乎就要挣脱拴着它的绳索。

从狗窝旁边的台阶上去，就离疗养所的下一站很近了。

卷子和幸二正站在疗养所下端的路旁，他们看到了松子宗广两人的背影，但因为松子两人没有回头，所以也就没有发现他俩。

“那我把你送回疗养院吧？”松子说道。

“那种难舍难分的缠绵还是免了吧！”宗广把后背朝向了松子。

三

松子去成了疗养所，因此也下定了首次去拜访一下母亲所住公寓的决心。虽然父亲允许了，但还是没有对父亲说。

默默地去，回来后也只字不提，这样可能对父亲更好。

可是，地处牛込的小小公寓房里，母亲和绀野都不在家。松子一路盼望绀野不在母亲一人在，但一见两人都不在，便茫然若失地走出了大门。不过她又返回撕下一页小型文库本的广告页，用口红写道：

——妈妈，我下次再来。　　松子

将其夹在门上。仅此一个举动，母亲看到会何等吃惊啊！本想加一句“父已允”，不过因不想被绀野看见而作罢。

汽车来到皇居的护城河边，割掉了枯草的河对岸已经有些泛青。樱田门的白墙也显出暖意。经过皇居前广场看到五光十色的汽车熠熠闪光，这些都让松子感到几分春意。在一长溜松树后面，帝国剧场的墙壁似乎显出桃红色。

松子本想从东京站直接回镰仓，但却让司机绕到京桥，打算去一下普利司通美术馆。

去年十一月，松子和母亲见了面，母亲是和绀野一起来美术馆的。所以松子想，在这春天般风和日丽的好天气，母亲二人会不会出来欣赏美术作品啊？她脑中想象了一下那种幸福的情侣。

在崭新的大楼橱窗里，摆着汽车轮胎，松子好奇地看了一眼。

也有巴士和卡车的轮胎。在与大橱窗相连的另外的橱窗里，则装饰着自行车、有声放映机、缝纫机等。而门侧面的橱窗里有一幅勃纳尔[1]的桃子画，虽然是复制品，但很逼真。

进入楼上展室，正面毕加索[2]的《脸》等作品的旁边，是马奈[3]的《玛丽·罗兰》，松子一下子就被这幅画吸引住，便走到这幅彩色粉笔画的前面，正站在那里观赏，听见有人叫："松子小姐！"

原来是幸二。

"你好！好久不见。"

"呀！"松子脸上出现了红晕，她急忙说道：

"上次在京都多蒙关照！"

"京都……"

幸二和松子并排而站，问道：

"您喜欢马奈吗？"

"在门口看很好看……我是头一次来这里。"

"我呢，心情憋闷时就溜达到这里。这里地处东京正中心，散步就能顺便到这里，真是难得。在欣赏美术作品过程中，心情就会阴转晴了。"

---

① 皮埃尔·勃纳尔（Pierre Bonnard, 1867—1947），"纳比派"重要成员，该画派促成了新的现代装潢风格的诞生，对二十世纪二十年代新艺术派的脱颖而出意义非凡，该派受日本浮世绘影响很大。

② 巴勃罗·毕加索（Pablo Picasso, 1881—1973），西班牙画家、雕塑家，现代艺术的创始人，西方现代派绘画的主要代表。自幼有非凡的艺术才能。代表作品有《阿威农的姑娘》《格尔尼卡》等。

③ 爱德华·马奈（édouard Manet, 1832—1883），十九世纪印象主义画派奠基人之一，对印象派莫奈、塞尚、凡·高等新兴画家影响很深，将绘画带到现代主义道路上。受到日本浮世绘及西班牙画风的影响，将绘画从追求立体空间的传统束缚中解放出来。著名作品有《草地上的午餐》《奥林匹亚》等。

库尔贝[①]的《雪景》、柯罗[②]的《维尔·达布列风景》……松子在画前一点点移动，她想起在光悦会上父亲让她看的雪舟的山水画。

“我二十天前见到松子小姐你啦！”

松子转过头，意思是问他在哪里见到的。

“你去探视我哥哥去了吧？”

“咦？当时你在场？”

“我去的比松子小姐可能稍晚了一会，看到了你们走在海边的背影。”

松子紧张得一时间屏住了呼吸。

---

① 居斯塔夫·库尔贝（Gustave Courbet，1819—1877），法国画家，写实主义美术的代表。曾参加巴黎公社革命被捕入狱，后经友人保释出狱流亡瑞士并客死于瑞士。著名作品有《奥尔南的葬礼》《画室》等。

② 柯罗（Camille Corot，1796—1875），法国写实主义风景画、肖像画家。出生于巴黎，早年师从古典派画家贝尔坦，曾到罗马留学，回国后在巴比松村附近的枫丹白露森林画了很多风景画。维尔·达布列是法国一个地名，也是他买下的别墅所在地，是其系列作品名的一部分。

春日之梦

一

幸二说出看见了松子和宗广在海边沙滩上散步的背影，松子从肩膀到后背猛然变得僵硬起来，感到似乎此时此刻也有人在窥视她的背影。

当时，自己和宗广是怎样走着的？她已经想不起来，而幸二难道说是长时间地目送他俩来着吗？

“你应该打个招呼，真是的……就那样一声不吭地看着的？”松子说道。

“可是离得很远……”

“安静的海边，离得远也能听见呀！”

“如果大声喊，倒可能听得到……”

“你是不是觉得喊叫不太好呀？”

“怎么说呢……”

幸二含混其辞地说着，走向左面的那面墙。在幸二面前，挂有两幅莫奈[①]的《睡莲》。

“因为当时姐姐也在一起……”

他一边那样自言自语，一边眺望着那两幅《睡莲》。听他那声音，似乎沉浸在画中，心不在焉的样子。

松子没有说话。

幸二所说的“姐姐”除了指其嫂嫂别无他人，定是指宗广之妻。

那位卷子看到宗广和松子会作何感想呢？松子十分反感，以至于打了个寒战。

“你俩一起去的吗？”

“是的。”幸二望着画回答道。

“是我邀请姐姐去的。”

“哦？”

松子也两眼不离《睡莲》。

有一九〇三年和一九〇七年两幅作品，幸二指着后者说：

“池水的粉红色是夕阳余晖的反光，粉红色的夕阳似乎和池水已经熔为一炉，真是水乳交融啊！”

“是个暖色调。”松子应答出突兀的半句，她想起了和宗广在海边沙滩看到的夕阳余晖，那束光带从江之岛方向沿着海面流洒过来。那耀眼的光带熠熠生辉却又感觉冰冷，俨然要刺穿苍茫的暮色。

松子倒也没认为卷子曾用那熠熠生辉、耀眼的光带般的目光观察着宗广和松子自己的背影，但在这夕阳光带和色彩柔和地融为一

---

① 克劳德·莫奈（Claude Monet，1840—1926），法国画家，印象派代表人物和创始人之一。擅长光与影的实验与表现技法，改变了阴影和轮廓线的画法。一八七二年，莫奈创作了日后扬名于世的《日出·印象》，印象派由此得名。此外还有《睡莲》等大量作品。

体的名画面前，后背的寒意并没有消失。

松子移动到左边的墙壁。

她停在毕沙罗[①]的《菜园和花树·蓬特瓦兹的春天》、塞尚[②]的《圣维克多山》、德拉克洛瓦[③]的《马的习作》等名画前面，松子的心逐渐沉静下来。

松子又想起在雪舟的画面前，她诵读八十三岁的了庵桂悟的画赞之后，父亲说的话："……像你松子这般年轻，恐怕连'春梦惊'的事情也没有啊！"

她有一种冲动，想反驳父亲一句：正因为年轻，才会产生"春梦惊"的感觉呀。

可是，眼下她无法像在光悦会那时一样久久地欣赏一幅画，因为幸二在身旁，必须行动一致。不过，毕竟是各自分别而来，在此地邂逅而已，是直到参观完了一直相跟着呢，还是找个合适机会寒暄几句告别呢，松子又有点茫然。

"幸二先生还要从容欣赏吗？"松子回头问了一句。

"不，我经常散步顺便过来……一下子欣赏这么多大画家的画，对我们来说是要消化不良的。第一次来时想多看，就全转着看完了。

① 卡米耶·毕沙罗（Camille Pissarro，1830—1903），法国印象派大师。印象主义画家又分为重视光与色彩和重视造型与素描两种类型，前者以莫奈、雷诺阿为代表，后者以德加为代表，卡米耶·毕沙罗则介于两者之间。塞尚、高更等都称自己是毕沙罗的学生。主要作品有《红屋顶》等。

② 保罗·塞尚（Paul Cézanne，1839—1906），法国著名画家，是后期印象派的主将，十九世纪末被推崇为"新艺术之父"，为"立体派"开启了不少思路，其作品深刻影响并革新了二十世纪美术。主要作品有《圣维克多山》、《浴女们》等。

③ 欧根·德拉克洛瓦（Eugène Delacroix，1798—1863），法国著名画家，浪漫主义画派的典型代表。他继承和发展了文艺复兴以来欧洲各艺术流派，影响了印象主义画家。主要作品有《自由引导人民》等。

而来了几次，便逐渐定出当天鉴赏的目标，今天高更[①]，今天勃纳尔，对其他就一带而过。不过，其间如果有哪幅画强烈地吸引了自己，则又会停在那幅画前……”

“今天鉴赏哪幅画？”

松子避开幸二热辣辣的目光，问道。

“怎么说呢，或许因为今天松子小姐看了马奈的《玛丽·罗兰》，感觉《玛丽·罗兰》格外出彩。这幅画的复制品也做得很好，您回去时我送您一幅。”幸二说着急匆匆地向马奈的粉笔画女人脸的方向走去。

“这是地地道道的巴黎女郎，正当女人最好年华呀，你看那金发碧眼和点点朱唇，真是娇艳欲滴啊！”

“不过，今天幸二先生也有目标吧？”

“嗯。今天是想来看看青木繁[②]的画的。青木繁比我们现在年龄还小、年仅二十三四岁时便脱颖而出天才毕现，但却因对社会适应不良即刻败北，而在三十岁英年早逝。公司午休时想到这些，就突然想来看他的画了。不由得感到自己现在的工作无聊已极，就想到少年天才……”

“青木繁的画在哪里呢？”

---

① 保罗·高更（Paul Gauguin，1848—1903），法国后印象派画家、雕塑家、陶艺家及版画家，与塞尚、凡·高合称后印象派三杰。代表作品有《裸体习作》、《布列塔尼的猪倌》等。

② 青木繁（1882—1911），日本油画家，生于久留米。受西欧世纪末艺术影响，作品取材于神话传说较多，英年早逝，留下作品极其有限。著名作品有《海物》、《海神的鱼鳞宫》等。

“在最里面的房间，和藤岛武二[①]的画在一起……”

幸二的双眼炯炯有神，松子想，这大约是因为看画的缘故吧。而这双看画的眼一旦一如原样地转向自己时，松子不禁心猿意马起来。

浓眉和眼袋都和哥哥宗广相似，然而，在疗养所见到的宗广的眼睛神采，与在美术馆见到的幸二的眼睛神采，两者的年龄差看起来足有二十年。

从第一展室穿过画廊，第二展室是日本画家的作品，除浅井忠[②]、黑田清辉[③]各有三四件以外，还有藤岛武二作品集萃。第三展室也有一半是藤岛武二作品，其中两面墙挂有青木繁作品十件左右。

幸二坐在房间中间的椅子上休息，他眺望着墙壁，那里有《海物》、《海神的鱼鳞宫》等名画。松子是第一次看到青木繁的画。

“《海物》是二十三岁时的作品呀，从美术学校毕业的时候。那边那幅《天平时代》据说也是二十三岁时的作品。我想，《海神的鱼鳞宫》大约是二十六岁时的作品吧！”幸二说道。松子也注视挂有《天平时代》那面墙好一会，又转过头回看《海物》。

因为《海物》画中一个渔夫的眼睛似乎在看着松子。

一丝不挂的渔夫们抬着偌大的鲨鱼，从画面右边向左分两列行

---

① 藤岛武二（1867—1943），明治末到昭和年间活跃的日本油画家。起初学习日本画，后转为洋画，作品具浪漫主义风格，在该时期洋画坛曾起指导性作用。著名作品有《黑扇》等。

② 浅井忠（1856—1907），日本明治时代的洋画家，教育家。生于江户。画风为写实主义，留法后居京都指导青年。著名作品有《春亩》、《收获》等。

③ 黑田清辉（1866—1924），鹿儿岛人。一八八四至一八九三年留学法国，归国后成立东京美术学校（今东京艺术大学前身）西洋画科并任主任教授，是近代日本绘画的中心。主要著名作品有《湖畔》、《朝妆》、《舞妓》等。

进。渔夫们都在朝前看，唯独一个渔夫朝旁边看，目光与观画者正好相对。

水灵灵的大眼睛，少女般秀气的面容，可能是个毛头小伙子。只有这一人的面部白皙，笔触细腻，与这张面孔相比，其他渔夫的脸简直就像半成品一般。

仅有一名俊俏青年从靠里面那排向这边窥视，给人的印象是那青年的眼睛就像这幅画的瞳孔一般注视着松子。

“天空的颜色有点脏兮兮的吧？说是天空起初是耀眼的金色，和大海的蓝色相映成趣的，但因为没有使用真正的金粉，所以颜色已经变得失真了。”幸二说。

“不仅金的颜色，画本身也变得有点毛糙了吧。”

“明治几年的？”

“明治三十七年。”

“我家老爸还是个孩子的时候。”

“对，令尊的少年时代呀。”

“光悦会的玄琢茶室有雪舟的画呀！”

“我没有仔细看，总觉得和西洋画似乎离得更近。”

“当时，家父还讲到给雪舟和雪舟画点赞的一位僧人的年纪。一般到了家父那个年纪，可能会经常思考比自己更老的老人的情况。即便同一幅雪舟八十岁后的画，六十多岁的父亲和二十多岁的我，对其八十岁的感觉是相当不同啊！”

“恐怕是那么回事。就拿这里藤岛武二的画来说，这间展室里的都是七十岁左右的作品，但是青木繁的却是二十多岁的画，结果就成了二十多岁的和七十多岁的摆在同一展室了。”

松子一边回望藤岛武二的《屋岛远望》、《东海旭光》、《蒙古日出》等名画一边说道：

“家父让我看雪舟的画，好像想对我说，我等的烦恼和悲伤都是因为太年轻。”

松子站起身来，走近藤岛武二的画，似乎被偌大的年龄跨度裹挟了。

“在京都你也是和姐姐在一起了吧？”

松子毫无拘束地问道。第一次提到卷子，她也跟着幸二称她为“姐姐”。

“在一起来着。”

幸二站在松子的偏后位置，近得都能感知到对方的呼吸。

二

“我是打算去向宗广告别的，头一次去的疗养所呀！”

在美术馆的大门口，松子说。

不知幸二心中是怎么理解松子的话的，他接着说道：

“夫妇间一旦产生误解，要比别种关系的人之间的误解严重，会误解上再加误解，层层累加的。”

“我去探视也成了误解的由头？”

“怎么说呢……”幸二只顾低头走路。

“我哥哥的结婚本来就是个错误，是造了孽啊……”

“你是说有关我……”

“和你也有关，其他方面的也有。”

“不过，没想到我哥哥这么快就遭了报应啊！”

两人从京桥向银座方向走去。

“我不认为是什么报应，就算宗广先生不幸福，我也不想认为是我给造成的。”

“按说是家兄坑了松子，而结果却是坑了他自己！真是可怕呀！”

“您这样说，幸二先生您是令兄的同伙了？”

“或许是敌人。我总觉得家兄即便和姐姐分手又和别人结婚，那个婚姻仍然是个错误，是个悲剧。男人和女人中，都有这种人。要我说，就连家兄爱松子小姐这件事不也是个错误吗？”

他俩是在银座大街走路，幸二声音很小，但松子听出了幸二话里的激愤。

“一般所谓错了，十有八九是谈结果，都是马后炮，而家兄的恋爱结婚我觉得则是从开头就是错的呀！”幸二接着说。

“前几天，家兄还对姐姐说什么松子小姐屡屡前来探视呢！”

“啊？！”松子停住了脚步。

“姐姐也够呛，疑心家兄选择那个疗养所就是因为离松子所在的镰仓近，吵到最后家兄就抛出那句谎话……”

自己是卷子嫉妒的对象，松子以前对此并没有往深了想。卷子是否知道自己的存在，松子也同样没有多想。她只顾陷在自身失恋的伤痛中了。

然而，说松子屡屡来疗养所——宗广为什么不惜扯出如此弥天大谎来煽起卷子的嫉妒之火呢？

“我只去了那一次，还是去告别的。”松子反复强调，然而，她察觉到这话也是别人理解不了的。

松子早已和宗广分手了。不是松子要分手的，而是宗广主动分手的。松子为了和自己心中的宗广告别，去疗养院见了宗广。说起来似乎是向自己的内心告别。不过，在外人眼里，你还不是去见了宗广吗？再者，既然你说是去告别，那么听起来在那时之前就好像还没有分手似的。

“姐姐特别埋怨我。”幸二看了一眼松子，又低下头去。

“就是说，因为我的缘故她看见了不想看见的人和事。是我硬拉着姐姐去疗养院的……不过，我也做梦都没想到松子正在家兄那里。”

松子涨红了脸。

“当时，你叫一声就好啦。那样，也就不至于留下误会啦！”

“松子小姐你还不知道姐姐是个什么样人……我呢，是不想让松子小姐和姐姐碰面的。”

“可是，与其给看到了背影，还不如直接见一见的好。”

“真是那样吗？背影不是随时随地可以让任何人看的吗？后背又没有长眼睛……”

“是这样吗？”

“对呀！人体后背没长眼睛，但如果把往昔看作人生的背影，那么就是自己能看见自己了，故而，也就生出悔恨了吧！”

“刚才你说你哥哥和我恋爱是个错误，那当时你劝阻我们就好了……”

“我认为我是劝阻过的呀！请你回忆一下！只不过我没有说出口罢了……”

幸二接连眨了两三次眼。

爱女闺房

一

父亲一进松子的起居室，便“嗬！”了一声，好像对马奈的《玛丽·罗兰》很惊讶。

“复制得真好啊，几乎可以乱真！”

“这是高谷家幸二先生送的呀！”

“见到幸二君了？”父亲说着，走向墙壁站在画的面前。

松子坐在长椅上。

“在普利司通美术馆见到的，幸二先生说是常去的……”

“原来这样。”

父亲来到长椅旁，和松子并排坐下后，还在望着画。

长椅也可以当床用，就是说，床拆成两半可以变成长椅。因此，虽然作为床简陋了一点，但松子有时大白天也不把床拆掉。漂亮的床单对年轻姑娘来说也是起居室的一种装饰。

“粉笔画复制得相当不错啊！”父亲还在反复赞叹，“相当有气质的美女啊！这是幸二君喜欢的画吗？”

“幸二先生倒也说漂亮了，不过是因为我看这幅画看呆了，他就给我买了复制品。”

“原来这样啊！”

父亲用右手按摩似的按压了几下粗壮的后颈说：

“不过，我等的一生和这种美女无缘地过掉了，没福分和这种美女过一过日子。”

“那不是外国女郎吗？法国的……”

“外国女人，既可以同居，也不是不可以结婚。不是有相当多的日本姑娘和美国兵同居吗？”

“话是那样说，可是我讨厌。”

“要是能用一句讨厌就解决了的话，那倒也罢了。是不是由于一个人的世界形单影只呀，一生经历太有限啦！”父亲这回把两手交叉放在脖子后边，“比如说，这间屋子是你松子的起居室吧？”

“嗯。”

“一个女孩在八张榻榻米大的房间里，现如今就算奢侈的了。可是往榻榻米上放床，再搬进衣橱、梳妆台等一系列家具，想转身都不能够了。”

“父亲的房间不是也一样吗？那么小的地方还砌了火炉，黑咕隆咚的，一进去不小心要踩进灰里呀。”

“看你说的……茶室火炉的位置都是固定的，再黑也不可能走错的。你学习茶道，没进过茶室吗？”

“可是父亲房间又是桌子，又是水手保险柜①，还摆个煎茶道用的

① 一种船上水手用的装金钱、账簿，衣物等的方形柜子，用料考究，做工坚实，还有金属护钉等固定，船遇风暴也颠簸不坏。

大橱[①]……”

“总比你松子这房间里纸拉窗还装窗帘好些吧！”

于是，父亲缓缓地打量着整个房间。

“墙上挂着马奈的美女画，可壁龛里挂的却是法轮寺剪裁和歌卷轴。[②]”

“那剪裁和歌卷轴[③]不是父亲借给我挂的吗？”

“况且，马奈画的复制品是幸二给的，松子你自己的喜好是不是只有纸拉窗上加窗帘呀？”父亲嘲讽了松子后，说：

“不过，想到这就是我的独生女儿的起居室，就感到有点寒酸。”

马奈画复制品对面的格子拉窗上，挂着松子的两位同父异母哥哥、战死的敬助和照雄的照片。

将两人照片放入镜框挂起的是松子母亲，这间屋子原来就是松子母亲的房间，母亲出走后才成了松子的房间。母亲留在这个房间的念想除了敬助和照雄的照片外别无它物。松子虽然将屋子陈设做了一些改变，但唯独对哥哥们的照片原封未动。

将死去的继子们的照片挂在自己的起居室，对自己母亲这种情怀，松子是不便随便触动的。

父亲此时此刻也肯定看到了两个儿子的照片，并忆起死去的孩子与出走的妻子，松子担心他是否会说出某些话，便打岔反问道：

---

① 原文作“器局”，放煎茶具的专用橱柜。

② 原文作“法輪寺切”，指（古人墨迹）和歌剪裁卷轴。据传说是日本“三笔”之一的藤原行成书法的墨迹。

③ 原文作“歌切”。将和歌本子或字画中的古人墨迹剪下贴在长135 cm—190 cm、宽45 cm—65 cm的条幅中间，挂到壁龛作为字画鉴赏。

"为什么寒酸啊?"

"啊呀!因为这里就是松子的小窝呀,是你的小小鸟巢呀!不过,或许不寒酸。因为松子终究是将要离开这个房间的人……"

"父亲是偶尔来松子的房间吧,因为是偶尔来,一定有什么感想之类吧?"

"是不是'白雪胜于地上霜,龙钟老境使人愁'啊?"

"您说的是什么呀?"

"'哪堪忆当年,少年乌发曾满头,悉数成白雪。[1]'这是上句。像我这样秃头的人,和上句不符啦!上了年纪,有的感觉迟钝了,有的感觉却分外敏锐了。回首往事,会觉得自己的一生原来就是如此呀!简直渺小到让人感到孤寂凄凉;又想想是不是最起码努力地保住了自己身边亲人的幸福呢,想来真是不堪回首啊!我这辈子孩子也只有三个,而且三个之中两个男孩战死,说是什么光荣的战死。不过,世上也有人孩子有十个之多。在从前还有的男人有几十个孩子呢!"

"几十个?"

"也有一夫多妻的,在中国有很多啊!有几十个孩子,那个男人精力要说旺盛也真够旺盛的!便是我,也娶了两个老婆,是别人的一倍,可惜一个死别一个生离,到头来这把年纪就孤身一人了,和女儿相依为命,好像成了女儿结婚的绊脚石啦!"

"看您说的!没有的事呀!"松子惊讶地看了父亲一眼。

---

① 典出《大江千里集》,原文为"我髪の、みな白雪と、なり行けば、置ける霜とも、驚かれけり"。译为:哪堪忆当年,少年乌发曾满头,悉数成白雪。白雪胜于地上霜,龙钟老境使人愁。

“三个孩子就剩一个了，我就想，起码得给她弄一间饮食起居自己满意的房间。你小时我干过一段和建筑公司有关的工作，你还记得吗？”

“嗯。”

“或许是因为这，在东京的废墟上看到大煞风景的简陋工棚，我就为日本人生活的穷酸而感到非常惭愧，就幻想着自己要是有大钱，就要成立盖房子的公司，和各种建筑专家携手建造设计得风趣考究的房子出售，然后用那个钱再多多建造好房子。在反复建造过程中，东京就会到处都能见到朝井建造的房子，既美化了东京市容，又可享受到艺术家的乐趣。然而，到头来就连自己独生女儿的房间都不能尽如人意，那真是……我死后，你把这个房子卖掉，哪怕小一点，你也要有一所自己喜欢的房子啊！”

“您越说越离谱啦！爸爸……”

“你妈妈也住在又脏又小的廉价公寓里吗？”

松子下意识地点了点头，但没有抬起脸。父亲也沉默不语了。

松子发现父亲那两只大耳朵和胖乎乎的耳垂不知不觉地已经萎缩而布满皱纹。

“要不要把草莓拿过来呀？”

古色古香的萨摩玻璃盘是一种翠绿色的琉璃，闪着忽绿忽紫的光泽，再装入红色的草莓，色彩鲜艳夺目。盘子边缘切割得粗放古朴，像这样考究的透明色调在眼下的玻璃器皿中已难得一见。

父亲本来想要弄碎草莓，但却不慎打了滑，牛奶飞溅出来。

“帮帮我！”父亲把盘子递给松子，

“近来手指也不听使唤了，真是要命！”

二

“想看看京都的新绿，今年是去不成啦。”父亲说完，望着院子里。

“道子喜欢鲜艳的花木，想在院子里栽花弄草，希望院子里四季鲜花常开。可是我呢，光是嘴上答应，却置之脑后了。或许她和一个年龄悬殊的男人一起过活，就想让院子里开个花草之类增加生活情趣啊。即使竹叶，因为四季的更迭和全天之内的光移影动，也能显出比花还要丰富的色彩……”

松子不知怎么答腔。

“我要是有个山高水低，松子你去和你妈妈一起过也没关系呀！”

“这种话我不爱听，爸爸。”

“没什么可吃惊的，我的继承人只有你松子一人。而松子你只有一个直系血亲就是你妈妈。不就是母女二人嘛！不过，不管我出了什么事，可不能通知道子，或者把她请回这个家哟！”

“知道了。”

“她和那小子迟早是要分手的。即便分手了她也回不来这个家了，所以我倒也不希望她分手……我要是死了，说不定她反而能更快分手。道子的情绪会不稳定起来……”说到一半，父亲缄住话头。

松子害怕起来。

难道父亲对母亲仍然还有着根深蒂固的愤怒和诅咒吗？父亲是觉得如果他自己死去了，母亲会因为良心的谴责和对亡夫的缅怀而在与绀野的同居生活中产生阴翳吗？

松子很少和父亲去谈母亲，从不自己主动谈母亲。偶尔谈到母亲，她总是感到内心特别纠结。

但是，父亲又对松子说：可以毫不顾忌地和母亲来往，父亲死后可以和母亲一起过，看来父亲心中似乎还有着松子难以探知的角落，松子对此现在也觉得恐惧。

再者，父亲非同寻常的口吻，也让松子感到不安。

“爸爸无论如何也不能原谅妈妈吗？”松子斗胆问了一句。

“怎么说呢，恐怕没什么原谅不原谅的。因为我现在不能惩罚道子。即便被抛弃的丈夫和女儿在这里议论道子的此时此刻，道子呢，毫无所知，因为人家在那里过着自己的生活呢，我们鞭长莫及。尽管松子你好像已经和道子互相拉起手来……”

“妈妈也很担心爸爸啊！”

“那是多此一举。”父亲厌恶地把脸扭了过去。

“我也不想从松子那里听到这种报告。居中调解之类的事情，你还是免开尊口为佳。”

松子难过得满眼噙着泪花。

“可是，当孩子的有点……妈妈诚然有她的不对，可是我见到妈妈时能谈爸爸。妈妈呢，也想听听……但在爸爸面前呢，却不能谈妈妈。”

“哼，这是松子你的抗议吗？”

“倒不是什么抗议，不过我感到悲哀。”

父亲皱起眉头，沉默了好一会，说道：

“在你松子心里，就是认为我和道子和解也无所谓呀。反正在你心里两个人是在一起的，因为在你心里两个人是要分也分不开的。”

父亲说完这句话站起身来走到廊下。

“好闷热的天气啊！头沉得不得了，但愿今晚下场雨才好。”

然后，回头看了看松子：

“要是和高谷家的宗广君结了婚的话，松子你现在说不定也已经分手了。”

松子瞬间轻轻摇了摇头。

“原来这样！那就好。”父亲变得语气分外温柔：

“趁着我的身体还行，赶紧结婚呀！”

“可虽然您说结婚……”

“那样说也是白说啊……”

从那个傍晚开始下雨，次晨放晴了。

父亲说要去皇居周围看看被雨水冲刷过的新绿，便出门了。

松子捎带去买东西，坐巴士把父亲送到电车站。

松子正准备晚饭时，电话响了。

“喂喂！是松子吗？”

“是妈妈？”

母亲以前只是用假名字来信，打来电话的事还从来没有过。

“你爸爸……”

“我爸爸怎么……”

“你爸爸在家吗？回来了吗？”

母亲虽然压低声音，但听得出相当焦急。

“还没回来呀。爸爸出问题了？”

“刚才，我见到你爸爸了呀……”

“妈妈你……”

“说是见到你爸爸，其实是我走着路，你爸爸在车里……不过我想那千真万确是你爸爸。”

“在哪里？”

“在日比谷公园的护城河边……你爸爸在车里确实认出了是我，还向这边看来着。一碰上我的视线便把脸转向一边了，看样子有点怪。感觉不像是为躲我藏起身来，倒像是忽地倒了下去……”

“后来怎么了？”

“转眼之间，车子就跑掉了，所以……”

松子不由得涌出了热泪。

“所以，我就有点担心，打电话问问回来没有。”

松子忍不住哭出声来了。

“松子，喂喂！你怎么了？出了什么事了吗？”

母亲焦躁不安的声音从听筒中传出。

父亲身后

一

松子在母亲不在场的家里为父亲办了丧事。

遗属只有松子自己。

不过，即使唯一的遗属松子不在，父亲的葬礼也会圆满结束。和父亲有关的公司的人们、父亲的故友等都蜂拥前来，一手包办了葬礼的一切。

松子呢，什么也没做。就连收支的款项都没有过目。银行的人很快就过来吊唁，他们说为防万一要准备二十万日元时，松子心不在焉地想道，自己的存款没有那么多。她不知道父亲有多少存款。而且，不管有多少，人死的第二天就取其存款是不是有点怪呀！松子感到有点诧异。

结果是银行职员和公司经理人担任了葬礼的现金收纳。

不过，考虑起来，似乎是死去的父亲自己在办理自己的葬礼。松子强烈地感受到一家之主的父亲的力量。

父亲在战后的现在，虽然不是公司的重要高层，但仍然有两三家松子已忘之脑后的公司派人来，也在父亲的灵前敬献了花圈。

要说松子在父亲葬礼上所做的事，或许只有选择丧服一件事情。

给百货店打电话购买，说是染好家徽的黑色和服一两天后可以赶制出来，但松子决定穿丝绸的洋装临时凑合一下。

布料是黑塔夫绸，上面有木纹图案的。衬裙也是塔夫绸的，下摆张开一摆动，就发出衣物摩擦的唰唰声。看起来连衣裙就有点像西服套装了。

腰部装饰结的背面加了个胭脂红的边，黑地配红，既可以当喜庆礼服，又能当晚礼服。

松子想象过穿上这件衣服，胸部戴上花出席盛会的场面。这件衣服今春刚做好，没想到第一次穿却是作为丧服参加父亲的葬礼。

因为是塔夫绸，所以下脚料就都做成了丝带蝴蝶结之类。

“要是裁宽点戴到西装袖子上，就成了黑纱。”松子自言自语道，但又想到这不太吉利，便收住了话头。

松子又察觉到，自己连给自己衣袖上缠黑纱的丈夫或情人也没有。

把那条细细的黑色丝带不太显眼地扎在自己的居丧发型上，是为了让自己更显得恭谨谦卑。

在灵前守夜、遗体告别、火葬的三四天里，不知烧了多少次香。每逢这时，松子总是被安排站在最前面。

最先烧香的人是个年轻姑娘，使葬礼更增添了几分凄清寂寥之感。

和尚念经间歇，葬礼司仪喊道：“遗属烧香！”松子便走到灵前。鸦雀无声之中听得到塔夫绸衣物摩擦发出的声音。

衣物摩擦声松子自己也听到了，她在灵前合掌焚香时，突然脑中浮现出母亲的身姿。

“妈妈。”

松子闭上了眼睛。

“爸爸。”

松子改口修正。

木崎老人从收音机里听到了松子父亲的噩耗，很快就赶来了。

“你母亲……”悄悄向松子问起她母亲的，木崎也是第一个。

“你母亲是通知？还是不通知？”

“我妈妈知道。”松子一不小心就说走嘴了。

“知道？”木崎反问道，

“已经通知了吗？”

“没有。”

“也是从收音机播送的新闻里？”

“不是，是电话。”

“打电话通知了？”

“没有。”

本来是母亲打电话通知松子的。最早知道父亲之死的是她母亲。是不是可以说母亲赶上了父亲的临终呢？母亲确实见到了死前瞬间的父亲。

当时母亲打来电话的事，松子没有告诉任何人。

在日比谷公园的护城河边，父亲从车里看到了母亲。

“感觉不像是为躲我藏起身来，倒像是忽地倒了下去……”母亲说。可能当时父亲就已经脑出血了吧？

肯定是因为看到了母亲。

父亲倒下司机没有察觉，他还继续在一片新绿的皇居周围开了一会。

东京的一家医院给松子家打来电话，是一小时后的事情了。

松子赶到时，父亲只是鼾声大作，但已昏迷不醒了。

今早坐巴士把父亲送到电车站，这成了松子和父亲的永诀。

松子猜想，前一天父亲来到松子房间说了不少话，那是不是一种凶兆啊？最后，猜想果然应验，就此阴阳两隔。

如此说来，父亲与母亲碰面难道也是一个奇特的告别吗？

脑溢血而死的命运临头，死亡瞬间见到了业已分手的妻子最后一面——难道果真是这样吗？

松子似乎又油然感到冥冥中某种神秘莫测的东西。

并不是母亲把父亲害死的。

生离的父母，这次是为了死别而相会。

但是，父亲似乎是在见到母亲的瞬间死的，这件事就是对厚道稳健的木崎老者，松子也守口如瓶。

“那么，就叫一下你母亲吗？”

松子低下了头。她很纠结，接着又摇了摇头说：

“已经没法和父亲商量了……”说着，声音低了下去。

“不能商量了？可不是嘛！”

木崎眼神悲戚，沉默了。

“……不管我出了什么事，可不能通知道子，或者把她请回这个家哟！”

松子要恪守父亲在死的前一天说出的嘱托。

但是，父亲却又说出“我要是有个山高水低，松子你去和你妈妈一起过也没关系呀”，难道真的没有一点原谅母亲的意思吗？

“户籍……”木崎问道。

“什么户籍？”

“你母亲的户籍呀！她的户籍已经从你家销了吗？”

啊呀，还有这档子事呢！——松子明白了，可母亲户籍是个什么情况松子毫不知晓。

母亲主动要求从这个家里销户恐怕不会，而父亲如果提出销户，则母亲不敢拒绝，所以，一切取决于父亲的态度。然而，父亲是如何处理的呢？

如果母亲户籍尚一如原样地留在这个家里，那么，按说母亲就还是这个朝井家的人。

“那么，有什么困难事，请随时找我……”木崎关切地说。

二

母亲方面的亲属，在灵前守夜和遗体告别时都没有露面。

朝井的灵柩被抬到客厅的走廊附近进行了装饰，为的是方便来向遗体告别的人站着烧香。

松子站在院子里，一边向吊唁者还注目礼，一边注视着大门口。那里有一丛胡枝子，邻家的小狗混了进来，在胡枝子树棵子下面嬉戏。

“您母亲怎么没……”幸二悄声耳语问道。

松子毫不隐讳地点了点头，没有用看小狗为借口蒙混过去。其实她还是很牵挂，又担心母亲是不是马上就要出现。

幸二干脆地说：

“已经不会来啦！要来早该来了呀！”

“幸二先生的令尊大人今天也没来吧？”

“来吊唁过了吧？”

“嗯，昨天来的。”

“我家老爷子在令尊灵前会很难堪的呀！因为我哥哥的事，我想他没脸和令尊见面吧。”

松子两三天没有睡觉，心跳加快，脚尖也似乎麻痹了似的。

松子感觉父亲的大照片好像俯视着自己。

松子此时此刻也想以一个纯洁女儿的身份站在父亲灵前。

可是，那样一想，身体内部却反而像呼的烧起了一把微弱的火焰似的，这是很久没有的事情了。难道是两三天的疲惫和悲伤的结果，肉体的恶魔抬头了吗？

“幸二，”

这时宗广从后面按压住幸二的肩膀。

“我来站一会吧！换一下你！”

“哥哥站着会疲劳的呀！”

“别拿我当病人！”宗广露出歪扭的笑脸对松子说，“这小子呀，好像要拿我当病人啊！”

“哥哥脸色不好呀！”

“出席松子小姐父亲的葬礼，你想想我能有好脸色吗？”

松子吃了一惊，看了宗广一眼。

幸二从哥哥身旁走开了。朝井的亲戚朋友也排了一大溜，幸二之所以不愿意哥哥换他，可能是有点担心宗广或许会在这种地方说出什么不得体的话来吧。

要追溯朝井家和宗广的高仓家的渊源说来话长，即便你听一次解释也会不得要领。说起来两家本是远亲，松子父亲和宗广父亲过从甚密，因此双方的子女就成了青梅竹马的玩伴。

宗广抛弃了松子和卷子结婚后，两人的父亲有点疏远了，这和松子父亲从公司退下来也有关。再者，松子母亲私奔到绀野处之后，松子父亲或许是觉得丢人，要么是懒于交际，总之不愿见人。

宗广赶来吊唁，他说："令尊大人从来没对我倒过苦水。"说完，他那无力的下眼帘微微颤动。

这句话让松子百感交集，她不愿意泪花飞溅，便咬住嘴唇忍住了。

松子和宗广的爱情破碎，父亲没有严厉地责备过松子。松子认为，父亲对一切都心中有数，总会体谅自己的。

或许是因为母亲的私奔，父亲有意回避提及女儿的爱情之殇？倘若定罪，罪在母亲而不在父亲。然而，一个巴掌拍不响，倘若父亲深度反思，那么，也不能认为夫妇之间发生问题某一方纯属无辜。便是松子，对以前父亲是否善待母亲也要打个问号，并非对母亲毫无同情可言。

"这回我爸爸可真正的不能倒苦水了。"松子没有哭，而是对宗广说了这么一句。

宗广吊唁是从疗养所来的，所以松子以为遗体告别就不会来了吧，但他还是来了，让松子吃惊不小。

松子和颜悦色地说：

"不可影响了身体，你还是早些回吧……"

松子满以为宗广已回去了，哪知他在某处休息了一下后又出现在遗属席位，站到了松子身旁。

幸二站在旁边松子似乎已很感羞臊，又加上宗广也来和她并排而立，让她更加反感。

何况，刚才她向来吊唁的人们还礼的同时，还刚刚强烈地意识到此时此刻的自己，已经是个被宗广染指过的女身。

想起自己说的父亲已再也不能倒苦水了，她努力试图彻底清除自己对宗广的委屈及依恋，重新恢复成一个纯洁的姑娘站立在父亲灵前。

然而，宗广一张口，酒气熏人。

“你喝酒了？”松子盘问道。

“啊，在厨房我问有没有洋酒，有人给我拿来了威士忌。好像是令尊的自用酒啊！”

“你这人真够呛！”

松子想说他：真下作。

“令尊大人已经一滴都喝不成啦！”宗广自语，然后又说，“松子小姐，并非时光逝去，而是我们逝去。对吗？”

松子别过脸看父亲的照片。

“所谓逝去不光指死亡，活着的我们也在时刻逝去啊！”

松子没有答腔。

“松子小姐，令尊去世，你知道卷子强烈地感到了什么？是嫉妒，对松子的嫉妒，女人的嫉妒。”

宗广把“嫉妒”重复了三次。

或许是因为镰仓来的巴士到了，一时中断的送殡队伍又开始进院里来了。宗广变得收敛，不说话了。

松子不能理解，自己父亲的死为什么会引起卷子的嫉妒心呢？难道是说羁绊松子的绳索断了？抑或是说因为松子没了依靠成了浮萍？

三

父亲的遗体告别仪式次日，松子起得很晚。

一照镜子，发现眼眶肿胀，眼皮内里有些疼痛。

今天，放开了昨天用塔夫绸丝带扎起来的脑后头发。松子拿着小镜子前后左右地照着，端详着自己脑后的头发。

今春，德国歌手里德来日公演，松子曾邀请父亲去日比谷公会堂，当时只买到了楼上的偏后座位，而楼上的偏后座位比前面和楼下座位高出许多，可以清楚地俯视前面观众的后脑。

“战败国日本的女人也变得相当漂亮啦！年轻女人的发型后部也动足了脑筋，弄得相当漂亮，招人喜爱。她们怎么能把后脑部都捯饬得那么细致周到……真是不得了啊！”父亲说。

“是啊！去美容院，也给做头发啊！”

“我说的是不靠别人的手，而是自己琢磨。为了修饰得更漂亮，女人脑后也好像手眼齐备呀！”

听父亲这样说，松子便环视一下前面女人们的头。年轻女人的脑后秀发闪着青春的光泽。发现父亲观察的目光很新奇，又好像很有隔膜，松子感到了父亲生活的枯燥乏味。

此刻，松子回想起了这些，用手玩弄了一下脑后秀发。

她一边想着这个家只剩她一个人，一边把冰冷的头发卷在手指上。

“小姐，银座的千疋屋花店送的鲜花到了。”女佣来报告。

松子站起来走过去。

松子接过白色康乃馨花束，边寻找名牌边问道：

“是哪位的赠花？”

“委托人说是自家人无需名牌。”送花人答道。

“这样啊。你辛苦啦！”

松子明白，赠花人一定是母亲。

已经生分了的妻子，在丈夫葬礼次日匿名赠花——松子百感交集，眼中的花变得朦胧甚至看不见了。

但是，松子就那么一直抱着花束，在餐厅枯坐良久。

而后，松子也没有去佛龛，却把花束拿到自己的起居室。因为父亲给松子留下了遗嘱，说是可以和母亲来往，可以和母亲一起过。

本以为是白色康乃馨，实际上却是淡水色。是那种宛若碧空或蔚蓝的海映在白花上的颜色，五十支左右，清一色是那种颜色。

一小时后，来电话了。

“松子？松子，对不起！请你原谅……”

“妈妈？”

“葬礼结束了？今天家里也孤单了？花送到了吗？”

“嗯，就在刚才……”

“是我，是我害死了你爸爸的呀！我怎么办啊！我内疚啊！我也不想活啦！这个这个，绀野闹起了嫉妒，可厉害啦！”

松子再次听到“嫉妒”这个词。

“松子，我想见你！你能见见我吗？”

“妈妈。”

地狱之墙

一

所谓“头七”，指的是人从死亡之日算起的第一个七天，也就是说忌日和头七中间隔五天，对此松子是第一次了解。头七两天前，木崎夫妇来了。

所谓头七两天前，实际上就是送葬日的第二天，也就是松子母亲送白花、打电话的那一天。

木崎让年轻的妻子拿来个细长包袱，打开一看，原来是一幅字画。

“带来这么个东西，可以的话，请挂到盂兰盆节。”说着，木崎亲自把字画挂到壁龛里。

“是一位名叫寂室[1]的和尚的墨宝，是一位日本僧人。”

木崎老人说是什么寺院的开山鼻祖，松子没有听清，又问了一次，还是没能闹清是哪里的什么寺院。

---

① 寂室元光（1290—1367），镰仓幕府到南北朝时期临济宗僧人，五山文学者。历经磨难之后，一三六〇年在瑞石山开了永源寺。擅长诗文。一九二八年正式被授予“正灯国师”谥号。

"怎么念呀?"

"是——生死事大，无常迅速。[①]"

老人望着它，似乎在玩味那句话的内涵。

在松子看来，就是一幅淡墨的草书作品。

"是真品还是赝品，我对字画外行不太清楚，不过嘛……想来，如果是赝品，不会写这种内容的文字。因为会卖不出去的，人们对'死'字是忌讳的。所以呢，很便宜呀。不过，过去的禅僧思考出更深的哲理写出这样的文句，是超乎我们的感觉的……"木崎沉默良久，又说:

"我是想着自己死的时候要把它挂在枕旁才买来的。不过，眼下看根本没有马上要死的迹象，所以就奉送给你了。平时是不能挂的，当然要挂也可以，但我家也是，内人就忌讳……不过，殡葬啦，盂兰盆节啦，和尚做道场啦，就比较适合挂。因为那种时候，就自然不会认为是在说自己，而认为是在说过世的人了。"

寂室的那一行字看起是像是一幅龙飞凤舞的草书，松子在仔细鉴赏过程中，也不由得感受到某种高雅的意境。

"木崎先生仙逝的时候，我就原物奉还。"——松子有点想开玩笑说出这句话，虽然她不会说出口，但木崎老人确实是让她不由得感到随和可亲。

然而，松子又想，世事确乎是老少不定，"无常"来索命也确乎是"迅速"非常的，年轻的自己未必就一定后死。用松子父亲的话

---

① 禅寺经常悬挂的警句，佛眼观生死，即佛教生死观。其意为教诲善男信女世事无常易变，将生死全部放下才是大自在、大解脱。一说为永嘉玄觉禅师(665—713)去访禅宗六祖慧能时永嘉回答六祖的一句话。

来说，木崎老人年轻漂亮的妻子由“天官所赐”，如此敦厚稳健而又幸运，或许会终其天寿，活到百岁也未可知。

木崎向佛坛上的骨灰盒参拜后，年轻的妻子双手合十。看着木崎年轻妻子那浑圆玉润的香肩和粉颈，松子感到几分悲哀。她不由想到，父亲倘若也有个年轻女人陪伴，血管也会柔软，寿命也会延长的吧？父亲莫不是因为心情忧郁，才引起血脉瘀阻的啊？

木崎的妻子拿了六七支小小的蔷薇花枝，见佛坛前所有花瓶都插满了花而无处可插，便轻轻地将其放在榻榻米上，回头望着松子说：

“我把家里开着花的剪下拿来的。”她脚下的袜子有点歪斜，起了稀疏的皱褶。新袜子，脚又很白，透过薄薄的袜子可以看到脚心，给松子一种不太洁净的感觉。

松子闭上了眼睛。

松子从木崎妻子拿来的蔷薇花联想到，去疗养所看望宗广时，从江之岛电车车窗望见了木崎拿着山茶花站在自家院子里。

“我去拿花瓶来。”松子站起身来。

昨天母亲让人送过来的白花，并没有摆在父亲灵前，而是放在松子的起居室。木崎妻子拿来的淡红色蔷薇花供在父亲灵前。松子感到有点怪异。

把蔷薇插进花瓶后，松子走回来，

“真是豪华的坐垫呀！”木崎说。

“啊？那是母亲的……”

松子突然收住话头。

“这个很好。”

木崎挪了挪膝盖，摸了摸坐垫的边缘。年轻的妻子也模仿老人做了同样的动作。

“这是你母亲的和服吗？”

“是的。”

母亲穿旧的宫古上布[①]和服改成了夏季用的坐垫。共有五个，父亲放在自己的起居室供夏季来客使用。很像茶室的坐垫，比较小。

母亲出走后，她的东西几乎没留下什么，但倒也留下了这个。或许因为变成坐垫了，父亲也疏忽了。

“现如今琉球也被美国占了，上布也就不织了。或许有人织，质量也差多了。”木崎感叹了两句后，回头看着妻子说：

“咱家也应该有信子穿过的上布呀！把它也这样做一做！”

“好的。”

妻子低下头目测自己坐着的坐垫尺寸说：

“不知收在什么地方……”

所说的信子，是木崎故去的前妻，木崎对年轻的妻子谈到她毫不忌讳。

“可是，做成坐垫可惜啦！”

“虽然你这么说，可你又不穿。”

“还没到穿它的时候，太素了……而且，我不想穿呀！”

“所以，就可以改成坐垫。”

“不好坐在前夫人的和服上呀！”

“可你不是已经坐在信子之后了吗？”

---

① 上布，这里专指宫古岛出产的高级麻织布。是用苎麻作原料纺线手工织成的，有各种花样。

"哎呀！你说什么呢！"

妻子涨红了脸。

"你可以不坐，给来客坐……"

"让别人坐，不是也不情愿吗？可惜啦！"

"可你现在不就坐在人家夫人的和服上吗？"

"啊呀！"

妻子耸肩缩背地把坐垫拉了出来。

"没关系呀！请别客气……"松子笑着说，"很多客人都坐过啦……"

然而，松子心底划过一绺淡淡的忧伤。

松子记得，这块蓝色飞白花布母亲穿过。去两国[1]看焰火时，母亲就穿的这件上布和服。河边菜馆的廊下人们拥挤不堪，小小的松子坐在穿着麻织和服的母亲膝上。到户隐山[2]旅行从奥社回来的路上下起骤雨时，母亲还用麻织和服袖子护住松子的娃娃头，说是麻布不怕淋雨。

在为父亲守夜及葬礼上，家里所有的坐垫全拿出了，就连夏季用的也用上了。也正好到了夏季。

松子正沉浸在对母亲麻织和服的回忆里，木崎用一本正经的语气说：

"上次提了一下，关于你母亲的户籍问题，我到市政府去请他们给查了一下，说是原封未动呀！"

---

① 两国，东京都墨田区西南部、隅田川东岸一带的地名。

② 户隐山，长野县西北部的一座山，因户隐神社而知名。户隐神社位于灵山、户隐山之麓，由奥社、中社、宝光社、九头龙社、火之御子社五个神社组成，据说已有两千多年历史。

“啊？您说什么？”

“你妈妈的户籍还在你家。就是说，没有正式离婚。”

“原来这样啊？”

松子瞬间大脑一片空白。

“你父亲或许是觉得离婚在社会上没面子？或者考虑你母亲要是回归家庭，还要谅解她？抑或是还有什么别的考虑……”

松子低下了头。

“对你父亲来说，去办离婚手续毕竟不是什么好事，或许仅仅是由于这个便一天天地拖至今日也说不定啊。总而言之，户籍上，你母亲现在仍然是户主之妻，那就应该有分遗产的权利吧。”

“啊？”

“要不要问问律师？”

“那还是等等……”松子急忙说道。

“你父亲没遗嘱吗？”

“是啊，就那样走啦……”

“或者留下什么书面的……”

“我觉得没有，虽然我倒是没有好好寻找……”

“这样啊。那你别忘了，你母亲的户籍还在家里。”

“好的。”

“那么，今后你就是孤身一人了，往后怎么过呢？”

“我正在考虑要不要去上班。”

“去你父亲的公司？”

“不，在父亲的公司，还要被当成小姐，我不愿意。”

“是吗？”木崎疼爱地看了松子一眼，然后轻轻地点了点头。

“后天就是头七了，考虑到在头七的席上，如果谈到继承遗产的话题，松子可不能张皇失措，所以我今天就过来了一下。”

二

母亲来了电话，商定了在新桥电车站见面的时间。

松子一出正门检票口，就看到母亲正站在一个角落的小卖店前，微笑着好像要走过来，但却立刻阴沉着脸来了个向后转，不等松子过来就走出了车站。

松子跟在后面。

母亲很快走到出租车停靠站，然后将一只手搭在司机已经开启的车门上，看样子是嫌松子过来的动作太慢。

“妈妈！”松子想要握住母亲的手，但母亲却急忙躲入车里。

“妈妈，怎么了？要去哪里呀？”

“银座。”

“去银座，不是在那边吗？走着去吧！”松子在车外刚说完，母亲歇斯底里地叫道：

“不行！快上来！”

车子开动了，母亲放松了肩膀松了口气。松子疑惑地问道：

“妈妈，您哪里不舒服吗？是不是因为改变了发型……好奇怪啊！”

“啊，这个呗。”母亲双手举到头部，“头发一下子白得很厉害啦！你爸爸去世才两三天工夫……”

松子吓了一跳，便看母亲的头发。

“大吃一惊啊，梳头时一看，里面一片白发，是为了掩盖才改了发型的。”

母亲满眼惶恐，似乎在发抖。

“你爸爸的惩罚应验了。松子，原谅我吧！你爸爸的事，请你宽恕……”

“妈妈。”

“真有头发一下子全白的情况。这么多白发，要是给绀野看见，我就要倒霉啦！”

松子没有说话，母亲盯着松子说：

“人们已经开始换夏装了。换上夏装，年轻姑娘裸露着胳膊，很受看呀！丰盈圆润，散发着难以形容的青春气息。而老人的胳膊难看死啦！听说胳膊肘是藏不住人的真实年龄的……”

纵然是饱含爱的语言，但当妈的居然羡慕女儿的年轻，是因为没在一起生活的缘故呢？还是因为母亲在跟年轻的男人一起生活呢？

她们来到西银座一座不大却精致整洁的小楼，走进小楼的地下餐厅，母亲说：

“不久前这里还是占领军专用呢！由于对日讲和了，日本人也能进来了。不过，日本客人还很少，所以就不会碰到熟人，不错吧？”

“碰上了不是也没什么嘛！”松子说完，一边喝着饮料，一边环视周围，发现顾客大多是带着日本姑娘的美国大兵。

“讨厌！这种地方……”

“可我和松子你见面如果被人瞧见，不知被人家怎么嚼舌头呢！”

“为什么？”

“我，我……”母亲的话说得结结巴巴，“我不等于害死了你爸爸吗？你爸爸不是尸骨未寒吗？如果给你爸爸公司的人看见，就连松子你也要被说闲话的呀！”

松子吃了一惊。

她这才明白母亲在车站时狼狈奔逃的原委。母亲原来背负着罪人这一笔良心债啊。

“你能见我太好啦！想见你，都想得灵魂出窍啦！”

母亲似乎思虑过度，两眼干涩，发黑的眼帘微微颤动。听得到调羹碰撞盘碟发出的叮咚声。

“不能怪母亲。”松子温柔地说。

“不，是我不好呀！”母亲反驳道，“虽然我恨不能飞过来和松子你见面，但你爸爸的死是你我之间的深渊，是一道将两人隔开的漆黑的地狱之墙，是一道比铁幕[①]还要可怕的罪孽与死亡的大屏幕。镰仓呢，对我来说就变得比阴曹地府还要遥远了。”

母亲枯干的眼睛立时潸然泪下。

松子觉得，这样正面抚慰反而会令母亲更加焦躁，所以就转移话题：

“那什么，用母亲的上布做的夏季坐垫嘛……”

“坐垫？”

母亲不得要领，愣了一下。

“不是有些个父亲在房间里用的坐垫吗？”

“啊！那件东西呀……”母亲回忆起来，“那件蓝色飞白花衣

① 铁幕，指的是冷战时期欧洲被分为两个不同政治区域的界线。

呀？那是我二十多岁时穿过的呀！”

“对吧？我还记得，那是松子我这么高的时候。”

松子抬起一只手比划出五六岁光景的身高。

“挺素淡的吧？现在都能穿。”母亲说。

“哎呀，那种上布，素淡一点的年轻人也穿，不过我的衣服全是素淡的。因为和你爸爸年龄相差悬殊……这才造成害死你爸爸这种可怕的悲剧发生……”

母亲双手捂住眼睛：

“啊！还是历历在目！你爸爸转过脸去，扑的一声倒下了！”

松子直勾勾地盯着母亲。母亲的手由于长年洗洗涮涮，虽然是夏天也还是显得僵硬，骨节变得粗大。

“木崎先生还夸奖那种坐垫了呢！”松子静静地接着说，“木崎先生说的呀，母亲的户籍还依然在家里呢！”

母亲将手从脸上拿开，惊讶地睁大了眼睛。

三

距晚餐时间尚早，两人随便垫补了些点心，然后喝了冰红茶。

卷子何时进来的，松子母女都完全没有察觉。感到似乎有人过来了，扭头一看，卷子站在两人的餐桌旁。

“日前……”卷子倨傲地俯视着松子，“真让人悲伤！”

“谢谢……”

“本该由我替宗广去的，可宗广说是无论如何也要亲自去……”

“啊，这样啊！”

卷子身旁跟着二代日裔美国兵，他那一派守护女伴的架势和日本人殊异。

“在夏威夷的远亲……”卷子说了半句话，也没有给介绍。

“松子也经常来这里吗？”

“我是头一次来。”

卷子并没和松子母亲打招呼。松子想，母亲背叛了父亲离家私奔，关于朝井去世母亲就对卷子无话可说，被卷子忽视就是无可奈何的了吗？

虽然话是那样说，但卷子为什么跑到松子母女的餐桌来了呢？发现了松子母女，在自己的餐桌那打个招呼不就行了吗？松子感到有点强加于人，强忍着反感情绪。

“宗广去参加葬礼，喝酒了？”卷子歪歪脑袋，冷笑似的说。

“嗯……”

“回家后又躺倒了呀！”

“病情又不好了？”

“好像是啊！”

卷子穿着鲜艳的花绉绸衣服，戴着金手链。

“葬礼上宗广没有说出什么不得体的话吧？”

“没，倒是没有……”

松子想起了宗广的话——松子父亲去世，卷子强烈感到的是：

“嫉妒，对松子的嫉妒，女人的嫉妒。”

宗广因松子父亲的死精神受了打击，卷子对此不满意吧？

“幸二也真是的，竟然说什么松子穿着孝衣涂抹着淡淡的口红，太招人疼爱，多刺激他病包子哥哥呀！”

“恕我无礼……”松子母亲忍不住插言道，“你这种话松子听了也没有意义。”

“是吗？真没有意义吗？”卷子傲气十足地说，“把病人叫去参加葬礼……”

“松子没有叫吧？是宗广自愿去的呀！”

“自愿？是吗？那么，母亲大人您是自愿不参加您先生的葬礼了？”

母亲气得嘴唇发抖。

“好不容易有机会和母亲团聚，被我搅和了。令尊去世了，你今后和令堂一起过吗？”

“你瞎说什么！”

“宗广呢，托你的福病情恶化了，所以松子你就常去探视去吧！他一定兴高采烈！”丢下这句话，卷子把手包轻轻一甩，走向一边去了。她轻柔的衣服下摆随之抖动起来。

“这是个什么女人啊！”

母亲气得脸色发青，两颊的肌肉都几乎僵硬了。

“我要是活不了啦，就先杀掉那个女人。”

“妈妈！”松子招呼道，“走吧！”

母亲担心着时间含泪回去了。恐怕出来见松子也是瞒着绀野，不能耽搁太久的。

剩下松子一个人以后，她叫住一辆出租车，说道：

“请沿着皇居周围慢慢开！”

父亲是要去看那里的新绿而死的，松子也想看看那新绿。

不速之客

一

车从银座来到日比谷的十字路口，碰上红灯停住了。

“您说是皇居周围……”

“往哪边转呢？”

“讨厌日比谷！讨厌日比谷！”松子说走嘴发出声来。

当时，母亲在电话中只是说“日比谷公园的护城河边”，究竟指哪里不太清楚。再者，父亲车上的司机有段时间没有察觉父亲倒下。父亲被送到的医院地点是赤坂见附，司机可能是沿着护城河，按日比谷、樱田门、三宅坂的顺序开车过程中发觉父亲倒下的，便拐向国会议事堂方向，从那下坡到了赤坂见附的吧？

原来松子瞬间想到，要避讳父亲倒毙的赤坂见附。

“要去司令部那边吗？”

司机说着，拐向右边。占领军司令部大楼刚刚还给保险公司不久，所以司机仍然称其为“司令部”。

松子朝“司令部”那边一看，只见大铁门紧闭。石头造的建筑鸦雀无声地闭锁着，似乎里面藏着某种秘密，真是沉默的怪物，让松子很感恐惧。或许是因为父亲刚刚过世，才让松子有这种感觉。

“请开到护城河对面去！”松子说。

车从马场先门向二重桥行驶，进入皇居广场。

一片小松树的树影清晰地落在绿草地上，这片草坪很大，松树的树影在夕阳照射下拉得很长。这些影子全都伸向松子。夕阳的余晖将草坪照得一片晶莹翠绿，娇艳欲滴。

松子头脑冷静下来了，她清楚地回忆起母亲含泪回去的样子。

为什么那么在乎时间非要回去不可呢？这是父亲死后首次与母亲见面，但母亲却是惶恐不安的，似乎在被什么东西追赶。

松子不由得想道，如果母亲和绀野之间真有夫妇间应有的相亲相爱，真有人和人相互间的信任，那么，母亲不可能是这个样子。眼下的母亲不是什么幸福不幸福的问题，而是正生活在极度的担惊受怕之中。

松子又想，卷子和宗广的生活是不是与此雷同啊？母亲背叛了父亲，宗广抛弃了松子，都奔向了新的爱情。此二人把松子两度打入悲伤的深渊，甚至让她失去了世间的一切。然而，此二人眼下的情形又如何呢？母亲华发顿生，宗广眼眶乌黑。而新的爱情尚没过几个春秋……

松子不认为这是此二人受到了惩罚或报应，也不认为父亲和自己得以实现了报复。

父亲一死，松子在家里已无亲人，只有一个女佣，这种形影相吊的孤寂程度越深，对人的善意就越不掺假，也就越加不能不企望母亲幸福。所谓母亲的幸福，无非就是眼下和绀野好好过日子。尽管母亲舍弃了和松子父女的安生日子而私奔，松子呢，却只能希望母亲过上安生日子。

松子现在成了孑然一身，似乎该希望和母亲一起过，但是，她并没有那样考虑。眼下，母亲已是个和绀野一起度日的人，这一点从未离开过松子的脑际。松子也想了，是不是自己心肠过硬、不像女孩呢？抑或是打小算盘担心最后母亲成为自己的包袱呢？母女之间存在隔阂，自己都感到不可思议。再者，母亲既然和绀野生活，那也是无可奈何的事情。

母亲和宗广的爱，都伤害了别人，不惜任何代价将爱抓到手，然而，曾几何时却早已幻想破灭，身心疲惫。松子眼见这一切，坚定了独自活下去的决心。

车从广场向左拐，来到日比谷公园背面的拐弯处，从樱田门向半藏门方向驶去。

护城河边的柳枝泛着嫩绿，对岸的绿草在水面映出倒影。

右面是千鸟渊公园，左面是英国大使馆。车开到大使馆前，司机问道：

"下面要去竹桥吗？"

"嗯。"

松子点点头。

父亲在车上倒毙而车子仍在行驶的那段路已经过了，松子如释重负地松了口气。

到了竹桥，一看见《读者文摘》[①]的白楼，松子突然说道："请开到饭田桥！"她没想好要不要去母亲的公寓，但松子猛然想到那附

① 该杂志英语原名为*Reader's Digest*，中文译名《读者文摘》，一度是美国最有影响力的综合性月刊杂志，在很多国家有分部。

近看看。

一到水道桥，就传来了后乐园自行车赛车的喧闹声。从饭田桥已开过了牛込见附，松子还在默默地让司机继续往前开。护城河边钓鱼的人们进入松子的眼帘。钓友们相互拥挤，摩肩接踵，在河边一字排开，钓鱼竿伸进浑浊的河水里。

“哎呀！”

松子吃了一惊。人们这样扎堆，能钓到鱼吗？究竟能钓到什么呢？在东京的正中心，都营电车、中央线的电车从两边通过，在脏乎乎的护城河水里钓鱼，松子虽然不能理解他们的心情，但确实是如此多的人聚在一起。不仅孩子，大人也很多。而且，护城河被划为牛込见附、新见附和市谷三段，只有中段似乎是钓鱼场所，而前后两段水面则漂着租用小船，并没有钓鱼的人。水面很窄，而且在水中划船的一对对情侣明晃晃地被路人观看。

松子感到很可笑，在望着小船、并回望钓鱼者的时候，突然心底划过一丝惆怅。在这种地方消磨时光般地钓钓鱼，不也是人的一种活法吗？

想到这里，松子脑中浮现出母亲在廉价公寓房狭小厨房做饭的身影。和女儿见面并吃了便饭后回去正在陀螺般地忙着吧，是不是连这点事都不能和绀野说，唯恐耽误了准备晚饭呀？

松子决定不去母亲公寓了。

二

松子从新桥车站坐上了横须贺线电车。

正要坐到一位老太婆前面，却绊到一根手杖上。那根樱木手杖本来是老太婆拿在手中的。

“呀！对不起啦！”松子慌忙拾起手杖将它立在自己面前。其实老太婆并不是用那手杖支撑身体的，只是轻轻地拿在手中而已，所以对松子的动作似乎毫不在意。老太婆将脚垫在屁股下轻轻地坐着，给人的感觉并不是她有点驼背，而是因年老身体显得娇小。

松子想，老太婆年纪已经相当老了吧。坐在她身边、年龄和松子差不多的姑娘肯定是她孙女。两人面容长得很像，老太婆显得更漂亮些。姑娘戴着眼镜，眼镜是那种仅上部镶银边的玻璃镜片式样，她穿着黄色的棉布连衣裙，松子感觉那黄色似乎有点过于浓重。

窗外还没有天黑，但车内已亮起电灯。

姑娘的白色网眼手套有点脏，戴着的水晶耳坠比较古怪，不过耳坠使姑娘鬓角的长发更加显眼，长发已耷拉到耳垂下面水晶球耳坠处。

姑娘不停地在和祖母讲话，因为专心说话，似乎没有察觉坐在她们面前的松子。

祖母将叠得方方正正的手帕放在膝上，并不时用它来擦眼睛。眼窝深深凹陷，并不是有眼屎而像是自然流泪。面部也凹陷，嘴巴就像长在其间的一堆褶皱中的一个小结。嘴瘪且很小。无牙的嘴唇显得软不拉塌的，一说话下嘴唇就像舌头一样向前突出，成为很受看的兜齿。

祖母只是不时地答话，但对孙女没完没了的闲话并没显出听腻的样子。看起来孙女在天真地说，祖母天真地听，老太婆的耳朵好像听得见。即便老太婆耳朵有点背，两人之间也肯定能够交流。即便什么都不说，也可以互相意会的吧。从两人的样子可以推断，两人在家时心是相通的。

或许是因为姑娘戴着近视镜，看起来有点冷漠，姑娘假如到了祖母的年纪，也会变成和祖母一样与世无争的面容吗?

姑娘温顺地服侍着祖母，还担心祖母领口进风而把她的衣领合拢起来。

松子羡慕起来，想到了自己的母亲，发现在这种细微处也有着女人的幸福。

这位孙女出生后，可能受到祖母无比疼爱的养育，如今的情形是倒了过来，祖母变成了老小孩，孙女反倒对祖母显出一种母性。

松子油然想道，如果一直和母亲一起过的话，那么，自己和母亲都会变得天真无邪，那会很幸福的吧！松子觉得，母亲私奔后，她为了父亲也多多少少代替母亲自然而然地照顾父亲的饮食起居，而父亲也代替母亲来疼爱松子。然而，母亲与女儿、祖母与孙女，这种女性之间的骨肉亲情自有一种天然的安心感。松子不禁有点想妈妈了。

松子在镰仓下车后没有再坐巴士，而是大口大口地呼吸着仲夏之夜的空气，边走边自言自语：

“之所以想独自生活下去，说不定就是因为和母亲分开了的缘故……”

松子一到家，发现玄关处摆着男鞋，她一眼就认出是宗广的鞋。从客厅传来电风扇的声音。父亲葬礼那天宗广穿的黑鞋并没有什么特别，可为什么松子记得这么清楚呢？

松子为了平复一下自己的情绪，进了自己的起居室。

“客人是什么时候来的呀？”

“啊，好像是五点钟左右，说是要等你……”

“给客人开饭了？”松子装作不经意的口气问道。

“没有。客人说是要喝酒，就给他喝了。”

“我父亲的白兰地？”

“嗯。可能是吧。”

“还剩着呀？”松子皱了皱眉头，“好了，你下去吧……对了，冰箱里还有麦茶的话，给我倒一点来！”

“好的。头七时候吃的白兰瓜还有四个，我放冰箱里一个，要不要切给客人吃啊？”

“不用了。”

“好的。”

说是五点，松子在新桥和母亲见面，卷子和美国兵二世走进松子母女吃饭的餐馆时，宗广就在松子家等松子了。

松子在电车里观察老太婆和小姑娘祖孙二人时那种平和的心境瞬时间荡然无存。

固然有女佣在，但一个男子在夜间进入单身姑娘家里——松子想到竟然有这种事情发生，身体不禁变得僵硬起来。

听卷子的口气，似乎宗广参加松子父亲葬礼后旧病复发已经躺倒在床，但看情形并非如此，松子内心有点发毛。

坐到镜子前，擦去外出沾染的灰尘，松子正为怎样重新化妆拿不定主意而注视镜中自己的眼睛时，电话铃响了。松子站了起来，电话是母亲打来的。

“妈妈……怎么了？”松子小声问道，“您在哪里呀？”

“在公共浴室呀！”

“公共浴室？”

“对。吃过饭我说去洗澡就出来了，现在借公共浴室的电话给你打呢！”

公共浴室的电话在什么地方呢？是在收银台上？还是在最里面呀？再者说，宗广还在客厅，松子感到什么也不便说，不过居然借用公共浴室电话，松子再次不由得感到母亲的处境是何等凄惨。

“喂喂，上次见过面一回去，他就闹得厉害，所以我干脆就不加隐瞒地告诉他我见了你，并且那个事也说了呀！”

“您说那个事……”

“户籍的事。”

松子没有说话。

“这么一来，他就说要见你……”

“啊？”

“说不定他要到你家去，所以，我就想得先告诉你一声。”

松子猛然清晰地说：

“不要来！我不喜欢那样。他实在要来，那就我过去。”

“这样啊？”母亲低声说道，“那么，我就这么告诉他一下。”

绀野难道说需要母亲的户籍吗？抑或是正像木崎所担心的那样，盯着父亲的遗产吗？

松子想，自己一旦成了孤女，真不知什么厄运从天而降。

三

松子对宗广既不能说“欢迎”，也说不出“让你受等了”。

松子一进客厅，宗广便开口道：“你回来了！”说完微微端了一下右肩。松子不知道这个毛病他是什么时候有的。

“等了好半天，是因为病人不能常来的缘故啊！”

松子眼睛不看宗广说道：“家父在世时，宗广先生来我家等过我吗？”

“你说什么？”

“算啦！你要是能明白……”松子抬起了头。

“又喝酒了？”

“这样说我的是不是只有松子小姐啊！令尊葬礼上，你也是这样问我的吧，说：‘你喝酒了？’声音温婉动人，我忘不了。”

“你胡说些什么呀！我觉得你说得很下流，我很讨厌。”

“也许如此，不过，我还是觉得你那声音温婉动人。”

“那么悲伤的时刻，记不清自己发出了什么样的声音。”

宗广斜躺在榻榻米上，摆了三个松子母亲上布和服改作的坐垫，他自己坐在一个上。对此松子也感到很龌龊。坐垫忘了收起，难道是都堆在客厅角落来着？如果父亲在世，自己肯定要挨说。

松子想把不用的那两个坐垫收拾起来，但她没有挨近宗广去收拾。

“是悲伤的时候吗？”宗广自嘲似的自语，“悲伤时候怎么能发出那么温婉动人的声音？所谓悲伤时候，说得倒好，不过这恐怕也取决于人的品德啊！”

松子口气生硬地大声说道：

“今春，我去医院了吧？我决定自那以后不再见你。”

宗广装作没听见，继续说自己的：

“无怪乎你要说什么悲伤之类，那时候，松子你经常哭呀。我呢，女人一哭就受不了。日本的年轻姑娘喜欢给人看悲剧的场面，殊不知男人很讨厌这些，所以就疏远女方了——什么书上这样写着，我颇有同感。假设女人因嫉妒而动不动就哭鼻子，那无论是恋爱还是结婚，我都恕不奉陪。倒不如买一个不给你找事的女人为佳。只要你松子不哭，我恐怕就和你松子结婚了呢！卷子虽然毫无可取之处，但不会为一些小事吃醋向隅而泣的……”

松子不能忍受这种侮辱，怒从心头起：

“你这是在羞辱你自己啊！”

“也许吧！”想不到宗广却老老实实地点头称是，“这可能是我发病的征兆。精神焦躁，就忍受不了松子的哭泣了。失去耐性了呗！人也有时因病而身体衰弱，会变成极端任性的利己主义者呢。”

说完，宗广又端了一下右肩，难道这是胸口哪边病变的标示吗？不过看起来，宗广的身体并不像听卷子说后自己所想象的那样虚弱。不过脸颊变瘪了，眼圈发青而已。

“你就是为了说这些才等我来着？”

“不是。”

宗广眯起眼睛探问道：

“听说你要和幸二结婚？”

“听谁那样嚼舌头？”

“卷子说的。也许从幸二那听来的。卷子说是见到了你和幸二在日比谷公园出双入对地走着呢！”

“啊？”

松子大吃一惊。

“和幸二出双入对的不正是你太太吗？我刚才还看见你太太了呢！”

松子说着，轻快地站了起来。

“松子小姐！”

宗广想站起来追过去，但打了个踉跄。

秀发

一

成了独居生活者了——其实，历来就是和女佣两个人，但松子只能认为自己是独居，她急于卖掉镰仓的房子，便来到木崎老人家里相商。

“那样也好。”木崎并没有吃惊。

“可是，也不必那么急呀。起码要在你父亲走后的家里住上百日呀！”

“什么？”

“七七四十九天也还没有到吧！”

“嗯。”

“对于年轻的松子小姐来说，可能早些开始新生活为好，但独生女抱着父亲的骨灰盒走出这个家的场景又有点可怜啊！而且，人死了马上就卖房子，就连你父亲也会被人说长道短的呀！”

松子点了点头。

“即便是那些另当别论，眼下已经入夏，就是现在上市，恐怕也要到秋天才能卖得出去啊。对了，镰仓的房源或许不会那么慢才能卖掉，也许有的公司要买了当做夏天的避暑度假村。不过眼下倒也无需担心房价会回落……”

“那就秋天再说。”松子顺从地说。父亲灵魂尚在，留住这房子的想法在松子内心重新浮现。

“那就这样办！我也留留心。买卖房子有点像结亲，有个碰运气的问题。有时能立马成交，而有时眼看就要成交最后还是没成。”

和木崎这样相对而坐，松子心中的块垒似乎正在消去。

“房子嘛能保值，放在手中也放心，要是有股票类我可以给你看一看。朝井先生近年来也有看破红尘的一面，马上就要破产的公司股票说不定还原封不动地放着呢。或许因为身体衰弱，朝井先生办事嫌麻烦，懒于动手。以前对工作倒是从不含糊的……”

“这样啊？”

“脾气那么刚烈的人一下子变老实，那是要不得的。像我这样向来就马马虎虎的人还好……”

松子望着木崎那安详的面孔。稍稍有点发福，脖子很粗，但肤色却与父亲不同，面颊并不发红，耳下也白皙，显得年轻。

“木崎先生，那房子能求您买下吗？”

“卖给我？搬到你父亲的房子？那当然难得啦。”

木崎连一点意外的表情都没有。

“如果您能买下，我想父亲一定高兴。”

如果木崎能买下这房子——对此松子不是没有想过。不过，因为难以说出口，所以她认为可能不会提吧。然而，一见到木崎，居然轻而易举地说了出来。

“虽然旧了点，但我觉得比您现在这房子好。这房子连房间里面都能被电车站的人看得一清二楚。”

“看见也没关系呀！家里又没人做坏事……”木崎无所谓地说，“一旦习惯了，家里人就忘了被电车上的人看见了，而电车乘客呢，都是些八竿子打不着的外人，你想不到，他们才不看什么别人的家里呢，随车就开走啦！退一步说，就是看到了，如果没有什么异常，他们也不会留意呀！夏天，就是门窗大开地展览，我家连一件值得人家留意的家具都没有哇！”

松子低下了头。

“当然，我并不是说这个房子就好，怎么能和你家房子比呀！”

“家父说过，眼下这房子木崎先生住有些简陋，但不久老天爷一定会赐给您好房子的……”

“天官赐福？”

“既然你都说到天官赐福，那就不能不买啦！回头我和内人商量一下吧。”

“啊呀！我可不是为了让您买才这样说的呀！家父真的那样说的。说是天官赐给木崎先生年轻漂亮的夫人，不久一定还会赐给好房子的。家父是羡慕木崎先生的人品啊！”

“是吗？令尊真是那样说的吗？”

木崎用瞄远方的眼神从正面端详着松子的脸，突然传来电车的声音。

“电车来啦！咱们看看乘客看不看这个人家吧！”

星期天的电车连续两列拉的全是孩子，可能是小学生到江之岛郊游的吧。没有一个孩子抬头看车站上面的这个人家。

电车开走后，留下了孩子们喧闹声的尾音。

“怎么样？谁也没有看吧？”

“因为都是孩子嘛！我就从电车上往这个家里看过呀！”

“当时木崎先生在院子里拿着山茶花，在看信来着。”

“山茶花？记不清了。”

“春天的时节呀！”

想起当时是去探视宗广，松子感到几分羞愧。

决定急于要卖掉房子，也还是因为宗广。

看见木崎拿着山茶花那天，松子按说是去同宗广真正分手的，但宗广却来参加了父亲的葬礼。这倒也罢了，问题是松子去见母亲回来，宗广却一身酒气地不请自来。对这样的不速之客，眼下已没人替她挡驾了。

明明是在自己家里，松子却为了赶走宗广而只能外逃。

宗广要追上并抓住松子的时候，松子赤脚跑到院子里。

“松子小姐！”宗广上气不接下气地喊了一声，“我这老病号东倒西歪站不稳时，你就不能扶一把吗？”宗广迫近松子，松子在向后退。

“你说你在什么地方见到卷子的呀？”

松子没有回答。

“哼！卷子不是一个人吧？和谁在一起来着？”

宗广后背对着客厅的灯光，所以松子看不见他的脸，但听得到他急促的呼吸声。

“无所谓啦！”宗广自嘲地说，“要是松子你真的看到了卷子，反倒好了呀！怎么样？彻底明白了我和卷子的婚姻是什么样了吧？”

“不明白。”

“不明白？花枝招展闲逛的卷子和生病的我，松子小姐你见到这两个人，难道不明白吗？”

“不明白。”

“在卷子背叛我的时间里，我在这里静静地等候你松子呢。我这病人硬撑着来的。”

“那不是我的责任。”

“责任……你是说责任？责任松子也有。只要爱过一次责任就不能消失。”宗广向前伸出双臂忽地一下靠过来试图拥抱松子，几乎要摔倒。松子想躲避而将一只脚踏进胡枝子树丛，摇摇晃晃之中被宗广抓住右臂。松子用力甩开宗广的手，宗广猛地倒下，被他的体重拖带，松子膝盖重重地磕在地上。

宗广的右手抓住了松子的头发。松子一声不吭，猛地站起身来，感到一阵剧痛。

“啊呀！”宗广叫了一声。

“头发……松子小姐，头发扯断啦！”

这时，松子已经跑出七八米远，上到客厅的走廊上，看到宗广手中抓着自己的秀发，不禁毛骨悚然，恨意顿生。

“你走，你请回吧！”

宗广呆呆地望着手中的秀发。

“被薅了头发也不叫疼啊，真变得坚强了嘛！”宗广有气无力的声音继续说，“可是，我申辩理由和谢罪都不行吗？毕竟你我有过肌肤之亲啊！”

而且，他一边凝视着松子，一边说了一句：“这个我带走了。”说着将毛发装入裤袋。这时松子浑身发冷，似乎失血过多一般，躲进了屋子的最里间。

自己的秀发究竟被拔掉了多少？松子也不愿对镜查看一下。

但又不能不看，她在镜前扒开自己的头发，但也看不出哪个地方掉头发了，只是到次日，疼痛处周围肿了一大片。

到木崎家去的次日，头皮的疼痛还没有消失。

木崎的安详态度，让宗广来的那天夜里高度亢奋起来的神经平静下来，松子得以轻松地坐下休息片刻了。

白衬衣配深蓝色裙子，松子一身简约的夏日装扮。衬衣无袖，浑圆的香肩外露，散发着年轻姑娘的青春靓丽。

“不必急着回去呀，碰上了天气大好的星期天，内人带孩子到海边去玩了，就该回来啦。”木崎说。

二

只要爱过一次，责任就不能消失。

那天夜里宗广这句话，像芒刺一样留在了松子心里。

事到如今，居然从宗广嘴里听到这句话，松子很感奇怪。这不正是松子应该抛给宗广的话吗？

如果说爱情破裂，爱的责任不能消失的话，那么，其责任难道不应该由破坏爱情的一方来负吗？

宗广抛弃松子结了婚，即便其婚姻并不美满，松子又有什么责任呢？即便抛弃松子的病人头重脚轻就要跌倒，松子怎么就非得去扶一把不可呢？

不过，宗广为什么甩了松子而和卷子结婚，至今松子也不能理解。松子去疗养所探视时，宗广突然来家时，松子并不认为宗广是推心置腹地说了真心话。

是因病，还是因结婚，宗广与以前判若两人。言谈刁钻乖戾，人格扭曲。

“不过，遭到抛弃的情人能理解被抛弃理由的，没有先例。”松子对自己说。

“不理解，就是不自量。”

有的是只因玩腻了，男人抛弃女人；也有的如宗广所说，因为女方总是哭泣而遭感到厌烦的男方抛弃；恐怕也有的是男方夺去女方的贞操目的达到了，而将女方抛弃。

再者，认为与松子分手后宗广崩溃了的想法，或许是出于松子的自尊心，而宗广和原来并无两样。

然而，宗广之所以使用“责任”这个词，是因为松子说过“责任”，而倘若把“责任”一词换为其他词汇，那么，说一度爱过的“某种东西”难以消失，松子对此是有切身体会的。

关于婚恋，假设松子想像一般年轻姑娘那样展开幻想的时候，当即会碰到自己失身这道障壁，从而使其幻想的翅膀无情地折断。

失身的姑娘就连幻想都不被允许吗？与其说不被允许，莫如说是自己须害怕幻想，难道是这样吗？

现在，松子痛切地知晓了父亲在世时，或许是因为依赖父亲，自己不曾排开所有外在因素来思考过自己的现在，也没有排开所有外在因素来思考过自己的未来。

首先，父亲在世时松子并没有做过与宗广在一起的逼真的梦。

所谓逼真的梦，就是和宗广发生肌肤之亲的春梦。

睡醒的一瞬间，松子发出“啊”的一声呻吟，辗转反侧，抓住枕头恸哭。

一想起宗广将自己的秀发装进裤袋，她的眼泪也哭干，坐起身来，用恐惧的目光环视着周围的黝黯。

“毕竟你我有过肌肤之亲啊！”她听到宗广的声音。

对失身这件事，松子发现自己惋惜，悲伤，懊悔，憎恨，诅咒，她觉得这是不行的。失去了就是失去了，如果连自己都不能确切地承认，那就一定不可救药了。一种认为自己仍然纯洁的感伤情绪留在心头。

然而，所谓确切地承认自己失身，又是怎么回事呢？松子还是不得而知。

难道唯有认为自己和宗广的爱是千真万确，才是从这种悔恨中逃遁的唯一出路吗？

有时松子长夜难眠，转转反侧，就整夜谛听淅淅沥沥的梅雨声。

三

由幸二打来的电话，松子知道了宗广和卷子分手的消息，这是进入七月不久的事情。

“而且，哥哥还说想见见松子小姐呢……”

“这样……”

“我去医院探视他的时候，他让我拜托你一下……”

“现在，在医院吗？”

“你问的是我吗？我在东京。”

“原来这样。”

电话来自东京，总机传话时说过了的，不过松子当时有些不知所措。然而，她还是毫不含糊地回答道：

“我是不会见令兄的。”

“说得也对……我提到不过是因为家兄那么说了。他的病这段时间也……”虽在电话中也能明显感到有些吞吞吐吐的，“啊，那什么……也许姐姐会去府上打扰呢！”

“卷子夫人？为了什么事呀？”松子又吃一惊。

说是跟宗广分手了的卷子到松子家来做什么呢？

“她来了我也不会见她的呀！”

“嗯，是啊，我也想见见你呢！也有话要对你说。今天去拜访行吗？”

“不，我过去。”

不知为什么，松子瞬间就这样说道。

两人约定在普利司通美术馆见面后就挂了电话。

松子想起上次在那家美术馆见到幸二，两人一边欣赏画作一边谈话的情景。如果有不好说的事情，画可以帮忙。

上到二楼美术馆，松子站在门口，看见幸二正坐在展室里的椅子上欣赏对面的画。

幸二面前有塞尚的自画像。

松子本来打算招呼他，但却不禁屏住呼吸呆在门口了。并不是被某种东西打动而惊呆在那里，却是产生一种灵魂受洗的感觉，似乎一个意想不到的世界在她的眼前展开。

松子并没有专注地看某一幅画，而是众多的画进入她的眼帘，似乎一下子触发了布满室内的优美音乐的机关。

就连没穿外衣的幸二的白衬衣，看起来也似乎飘浮在流光溢彩的巨浪之中。

松子默默地走到幸二身后。

幸二回头一看，急忙站了起来。

“好快呀！我寻思你要准备准备才能从镰仓出发，估计我恐怕要等好半天呢！”

“没什么可准备的，让你受等了？”

“我也刚到，正在欣赏进门正面的塞尚。”

松子以前想过，幸二目光灼灼，大约是因为欣赏画的缘故，现在自己被那种眼神注视，似乎自己看起来还是很漂亮似的，松子不由得有点羞涩起来。

“塞尚的《自画像》是新展出的展品。”幸二说。

“屡屡来这里，会觉得塞尚的画一次更比一次好。欣赏一会《自画像》，然后再请看《圣维克多山》！”幸二说。

在《自画像》右边，挂着小幅素描《浴女们》，左边挂着《圣维克多山》和小幅作品《静物》。

“展览墙壁上的布局和上次不一样了吧？说不定是因为新增了《自画像》的原因啊。”

松子点点头。

幸二也沉默了一会后说：

“打了那通电话很对不起。我哥哥想见松子小姐，想见就自己去见好了，和我有什么相干？这样说或许对病中的哥哥有点薄情，但我不想被卷进哥哥与松子小姐的事情里去。不过，毕竟是病人呀……”下面的话有些含混不清了。

“你哥哥情况不好了？”

“怎么说呢，可能和与姐姐分手的打击也有关……”

幸二为避免和松子正面对视，便走到塞尚右边雷诺阿的作品前。

“拒绝给他传达，他就狠狠骂我，胡说什么是因为我想和松子小姐结婚……”

“竟说出那种话呀？”

“我哥哥也真该好好想想。”

“前些日子，你哥哥来镰仓我家时，也说了那种话。”

“我就是再想和松子小姐结婚，哥哥也该想一想，有没有可行性。”幸二说着声音有些颤抖，“没有可能吧！哪怕是为了松子小姐的纯洁也……”

“纯洁？”

刹那间松子想反问，但终究没有说出口。

“我想，对哥哥呢，也还是不见的好。这也是为了松子小姐的纯洁……”

松子眼中冒火，几乎要倒地，幸二将身子半转过来。

在相对的那面墙上，可能是西斯莱[①]的画吧？初夏的河岸边，那街道树的新绿映入松子的眼帘。

---

① 西斯莱（Alfred Sisley，1839—1899），法国画家。主要画风景画，曾多次参加印象主义绘画展览。代表作《枫丹白露河边》等。

真实，摇铃

一

“为了松子小姐的纯洁……”听见幸二两次重复这句话，松子无话可说了。

松子现在虽然没想和幸二结婚，但即便想，也不能够去做了。

尽管如此，幸二呢，却说自己即便想和松子结婚，也“没有可能吧！哪怕是为了松子小姐的纯洁也……”说着相反的话。如果不是反话，就是讽刺。

然而，幸二的话里带有真实的响动，以至话音都有些颤抖。

西斯莱画中的街道树在松子眼中也变得模糊起来，她有气无力地说：

“看画心里也难受啊！”

“最里边的展室还看吗？”

“不，不过把这里当约会地点……今天只看塞尚的《自画像》一幅，我已经可以了。”

而且，幸二像是给松子解围似的说：

“我和女人约会不太习惯，在咖啡店或车站呆坐等人，因为不好意思而办不到。再者说，一动不动等人的心情也受不了吧？但在这里，看着画就可以了……”幸二轻轻一笑，走近松子，并向出口走去。

但松子想起了往事——寒冬的阴雨天，在有乐町车站月台上等幸二的哥哥宗广三个小时，当小腹无一丝热气地回到家里，母亲说：“这就是女人！”给女儿喝了葡萄酒。

宗广总是让松子在上下车乘客很多的有乐町等他。

松子也被逼无奈成了众多等待男人的女人之一，她们或坐在月台椅子上，或呆呆站在检票口，或靠在墙上。这种女人的数量很多，对此松子很感惊愕，她们各自在等待一个男人。女人之中，除了等待男人这条之外，素不相识，毫无任何瓜葛，但在等待男人这一共同点上却有着默契，相互间并不感到难堪。因为各自等待的不同男人，或许是共同点最少的群体了。相互间既无同情又无敌意，都是在同一场所处于同一条件。而且，松子几次来有乐町，从未碰到过同一张面孔、同一对情侣，说来这也很奇怪。

另外，有时松子也会偶然怀疑，在车站等人的女人们是不是有点像在店里接客、生意兴隆的那群娼妓？女人中未必没有真正的娼妓或近乎娼妓的人。过去，就连结婚也被看成卖笑，这种现实现在也还没有什么改变。如此说来，那些等男人的女人们陆续离开车站被男人领走无疑就是婚姻市场的一个缩影了。不管被领走后有欢愉也罢，有悲伤也罢，有幸福也罢，有不幸也罢，总之等的人已经出现，女人便立马变得兴高采烈，急匆匆凑上前去。

如此这般，松子产生了怀疑自己自取其辱的念头，也是因为受等时间太长的缘故。稍等片刻倒是很快乐的，但超过限度就要焦躁起来，想入非非，变得自轻自贱。甚至觉得自己被当成某种罪犯在示众。脚冻得难受，泪眼汪汪，脸都抬不起来。

战前，情侣相会被称为“幽会”，警察抓住还要被登报。松子等一小时不到便体会到了幽会的内疚滋味。宗广、松子两个家庭的父辈也互相认识，松子死去的哥哥们也和宗广、幸二兄弟过从甚密，所以，即便不在外幽会，既可两家互访，又可电话互邀。

然而，松子也并非没有享受过躲开人群带来的快乐。

“秘则为花，无秘则不可为花”[①]，也有时松子用世阿弥[②]这句话来套自己的爱情生活，并加以玩味。

然而，松子采取的这种秘密的形式，一旦感觉到有苗头显示已被父母知晓，那么，秘密则变成了松子的痛苦。

前些日子被宗广薅头发那天夜里，在蒙受宗广“松子你经常哭”的侮辱之后，松子反倒从内心有些看不起宗广了。不过，再往后一回忆，她又觉得宗广说的不错，那阵子松子确实常哭。

失身的时候松子也是哭呀哭，痛哭不已。但松子并不是抓着宗广的前胸哭，而是紧抱着自己的膝盖哭。那种哭法绝对是自我式的、孤立的。

与其说是责难和憎恨宗广，莫如说是为自己悲哀，恨不得把自己撕成碎片。

宗广试图劝慰松子，将手搭在她肩上也被她甩开。

宗广一脸扫兴，把自己前额的头发一圈圈缠在自己手指上说：

---

① “秘则为花，无秘则不可为花”，世阿弥的能乐论著《风姿花传》中的文句。在这里“花”指的是事物的真正意趣，用来比喻能乐中给观者感动之源。

② 世阿弥（1363—1443），日本室町时代初期的猿乐演员与剧作家，与其父观阿弥共同为集猿乐（即现在的能乐）之大成者，留下了许多著作。

“你这人真要命啊！”好像从远处望着松子似的又说，“咱俩不是相爱吗？既然相爱，能不能别哭得这么厉害呀……就算我错，既然相爱，那也不是没有补偿的办法。和遭到抢劫毕竟不一样吧？你是不是应该想想对方不是别人而是你爱的我呀？”

但是，松子哭得更厉害了。

现在，松子从二楼美术馆一边下楼梯，一边回忆起了当时，哭得眼睛红肿不好见人，就在新桥车站将横须贺线电车让过去两列，一个多小时之内，她又是用手掌揉眼睛让其凉下来，又是用手抻拉裙子的下摆。

没戴帽子的幸二的头在松子前面下移，其发型也和从前的宗广相似。

但是，宗广入院后改变了发型。也许幸二还在原来的理发店理发。

二

出了普利司通美术馆，幸二朝京桥方向走，松子以为他要去银座，但他却拐向锻冶桥方向。

从都厅前到马场先门，街道树的绿茵在夏日夕阳照射下闪着银光，似乎在诱惑着幸二和松子。

幸二好像心中有话难以出口似的，说出了如下一番话：

“这里的高大街道树到了夏天根深叶茂，我很喜欢。”

“明治神宫绘画馆前面林荫路上的银杏树也很高大呀！”松子也一边说着，一边抬头仰望参天的街道树。这时幸二说：

“我哥哥去府上是什么时候的事？”

松子没有回答。

“我哥哥要和姐姐——现在对我来说已经不是姐姐了——分手，说不定他是要去告诉你这件事的呀！如果是分手后去的，那就是想告诉你分手的事吧！”

松子默默地走着。

“不过，我哥哥和姐姐究竟什么时候分道扬镳的，那还真的很难说清啊。或许从结婚时起就是同床异梦也说不定……所以，我哥哥和姐姐究竟是谁先起意分手的，也很难说清。”

“刚才我电话中听说这事，大吃一惊。不过，对我来说……”

“我认为这和松子小姐无关。所以我刚才也说了，你还是不见我哥哥的好。”

“你也说了不想被卷进你哥哥和我的事情里来。”

“对呀！”幸二皱起眉头，“不过，人有时因为是亲兄弟，身心受到束缚因而觉得痛苦呢！毕竟和动物不同……血缘关系这种实在的连带关系对人来说，既可以是福，又可以是祸……”

松子情不自禁地点了点头，等着幸二接着往下说。松子张开嘴露出雪白精致的一排牙齿，简直就像街道树的浓绿映在牙齿上了似的。

但是，幸二没有继续往下说。

松子用回首往事的口吻说道：

“你提到你哥哥和我的事情，其实你哥哥和我的关系如今是个什么残局我真的不清楚。上次跟他见面时，你哥哥说‘只要爱过一次责任就不能消失’，可是我现在就是听到了爱的责任这句话，也已经不会流泪了。因为以前哭得太多了。”

幸二走出十步左右后说：

“我呢，曾经是中学生的时候，喜欢北原白秋[①]的诗句‘真实，摇铃，回想’[②]。反复念叨‘真实，摇铃，回想’来试图回忆起什么好事，不过，对于中学生来说，又没有什么达到‘真实，摇铃，回想’那种程度的事情啊。”

“‘真实，摇铃，回想’，前文是‘虽然是一路真实的旅途’。不错，是《巡礼》这首诗。好像中学生喜欢。”

“是巡礼的铃铛吗？”

“是吧？”

“即便不是巡礼的铃铛，在回忆什么时，如果在那个间隙摇一声悦耳的铃铛……不过，美好的回忆毕竟太少啦！”

街道树的绿色茂密得有点瘆人，它对面皇居的石崖也被浓荫遮住。

“我刚才站在塞尚的《自画像》前，倒也回忆了一下，觉得松子小姐的令尊大人真是了不起啊。松子和我哥哥的事发生不久，我就被令尊叫去啦！

“令尊问我：‘你府上怎么看松子？’说完这句话，又说：‘我觉得他俩还是分开的好。’我吃了一惊，什么也说不出的时候，令尊又

---

① 北原白秋（1885—1942），本名隆吉，日本诗人、歌人，生于福冈。曾师从与谢野铁干，在《明星》《斯巴鲁》上发表作品，后与诗人木下杢太郎、石川啄木交友，倾向唯美风格，有诗集、歌集、童谣等，具有抒情和象征特点。有影响的诗集有《邪宗门》等。

② “真实，摇铃，回想”，北原白秋诗《巡礼》中的词句。这里作者把自己比喻成一个手持铃铛去朝圣的巡礼者，据说摇铃铛可以驱除烦恼。表达了诗人自己一路追求真爱走过来，但却遭遇不如人意的现实，尽管如此，自己仍然要继续为追求真爱而活下去的信念。

说：‘我这个看法请你作为宗广君的家庭成员之一给予理解。’说不定是事先给个警示，表明如提亲令尊打算反对。还或许是让我跟我哥哥说别打松子小姐的主意了。”

“我没听说。”松子自言自语地一说，父亲的面孔便瞬间变得很大向她的胸前压过来。

也许是因为幸二谈起中学生时候记住的诗句，松子也想起自己是个小女生的时候学过的一句古典警句：“身体发肤，受之父母，不敢毁伤，孝之始也。”[①]松子噩梦一般地把它给了宗广。既然爱宗广，那又为什么好像成了一场噩梦呢？

“所以我认为，松子小姐虽然没有和我哥哥结婚，但令尊也并没有悲伤。”

“因为知道令尊的看法，我呢，就对我哥哥说：你不能和松子小姐结婚。我哥哥呢，当然把这话理解成我的嫉妒，于是就有了不光彩的争闹。不久，我哥哥生病，对松子小姐本来就存在的自卑感就越加严重了。我哥哥生病，人就变了，和姐姐结婚，变化就更大了。身体一病，性格也会跟着病，故而行为颓废，性格也跟着放荡起来。人的健康和道德有时就取决于你的抵抗力，就如人有时要喝毒药，就看喝的人能抵制到什么程度……”

三

两人从马场先门过了护城河往皇居前走去。

---

① 出自《孝经·开宗明义章》。

偏西的夏日阳光反而更强烈地照射到广场的松树上，使树下的草坪显出一派柔和的夕照风景线。

已经有男女青年要么坐在草坪上，要么坐在长椅上，等待着黄昏的降临。遥望远处，相互依偎着向这里聚集的情侣一对对从远处纷至沓来。

然而，幸二既不进草坪，也没有停在长椅前的意思。

“来到这里的人们也会在几年后摇响清脆的铃声而回忆起这里吧？”松子说。

“可能会有的。不过，很多人会讲今晚或明天的事吧。要说未来，我参观中宫寺的弥勒佛时被教导说，弥勒佛在释迦牟尼圆寂过了五十六亿七千万年以后，将要接替释迦牟尼拯救人类呀！”

“五十六亿七千万年……”

“是遥远的未来呀。等上五十亿年，人类自己的救世主恐怕也会出现了吧？”

“可是，谁能等到那么久呢？可不是我呀！”松子微笑着耸了耸肩膀。

“不过，人类自己已经雕刻出了五十六亿七千万年以后拯救众生的佛像呀！这么一想，就可以放宽心啦！”

再次走过护城河，来到日比谷公园的背面，两人进了公园。

到了花园那里，周围的几个长椅却都已被情侣们占据。

“卷子……”松子欲言又止。

幸二为询问而回望，松子红着脸说：

“卷子对你哥哥说了，说看见了我和幸二先生在公园散步呢！”

“你说什么？”幸二不由自主地环视一下周围，“那，姐姐也真是个很厉害的人，能未卜先知啊！令人吃惊。”

“所以呀，我不喜欢日比谷公园。”

“姐姐的预言说准了吗？”

“那算什么！不是什么预言。”松子明确地说，“可我讨厌日比谷呀，走吧！”

现在，从皇居来到日比谷时，松子并不是忘记了父亲是在这附近病倒的，只是没对幸二说。

“不是什么未卜先知。”

幸二从公园来到帝国饭店方向后，说道。

“假设姐姐的预言说中，那我和松子小姐就应该结婚了。我哥哥对松子小姐说的时候，也说了是从姐姐那听来的吗？”

松子点了点头。

“姐姐是何居心我不清楚。说不定我把我哥哥杀了，我就能和松子小姐结婚，不过……和松子小姐结婚，我的手要沾上一奶同胞的鲜血呀！”

松子痛苦地低下了头。

幸二也沉默了。

“说是卷子小姐要到我家来，这是怎么个缘故呀？”良久，松子问道。

“这个嘛……因为我哥哥的病情恶化了吧，万一哥哥有个三长两短，她要撇清自己不想担责。”

松子猛地看了一眼幸二的脸，说：

“我要请你对你的哥嫂说，我正在为家父服丧……眼下仅此而已。”

“明白了。如果说你在服丧，那我也还是暂时不和你见面为好吧！”

松子点了点头。

但松子似乎有点不忍分别，就把幸二带到她母亲曾经带她去过的那家餐馆。

母亲与家

一

松子对幸二说的“正在为家父服丧”这句话，也常常在她自己耳边响起，故而，连去海岸转转的心情都没有了。

她虽然想到在镰仓也就剩下这最后一个夏天了，却避开了海岸的喧嚣而窝在家里。

“看不到这个世界空虚无常的人，他自身就是空虚无常的。”松子想起了帕斯卡[①]这句名言。

而自己的情况呢，似乎是因为自身的空虚无常，才感觉这个世界空虚无常罢了。这个世界的空虚无常，自己还一无所知，而且也不想去了解。

两位哥哥战死、与宗广的爱情破碎、母亲的私奔、父亲的猝死——在仲夏之火熊熊燃烧之中，独自反思接二连三发生的祸殃，松子不能不感到一种空虚无常。

① 帕斯卡（1623—1662），法国数学家、物理学家、思想家。在一六五三年提出流体能传递压力的定律，即帕斯卡定律，后人为纪念他，用其名字“帕斯卡”来命名压强的单位。

再者，比起那些惨事，抛弃了自己的宗广病卧在床，和妻子分道扬镳重新出现在自己面前，松子觉得目睹此人空虚无常的惨象才更加不能不感到空虚无常。似乎对方的空虚无常已历历在目。

尽管对于年轻姑娘来说，没有比爱情遭到背叛更能感觉空虚无常的了，但说不定当她亲睹背叛者空虚无常的惨象时，她才会感到这个世界空虚无常。

“我是希望你哥哥幸福的，然而……”松子见到幸二时也想说出这句话。

但是，“他不幸福，我是不愿意的。”——她错过了说这句话的机会。

明知宗广并不幸福，却要对幸二说这话，或许听起来好像装傻，抑或是故意为之。

松子还有一个隐秘的梦想——如果宗广和卷子的婚姻幸福，那么宗广就会或把松子完全忘掉，或者内心对松子有负疚之感。倘若如此，幸二和自己二人之间，是不是就能互通情愫相爱也无妨啊？不就是因为宗广不幸福，才造成幸二和自己二人不能完全披肝沥胆以诚相待吗？

松子想道，她期冀抛弃自己的宗广能幸福，期冀自己的母亲能幸福，但自己却被抛弃，唯其如此，两人的幸福她已无法操控。操控幸福的钥匙到了第三者的手中，她已爱莫能助了。

而且，如果母亲和宗广的幸福不稳定，那么，松子岂止不幸福，是不是连心灵都得不到安生呀？

松子一点都没有被晒黑，她患上苦夏之症，就这样迎来了秋天。

她先去了木崎家拜访。

从江之岛的电车上看不到由比之滨[①]的海滨浴场。

但松子不由得感到镰仓夏天已过，又回归为秋天之城。

她不禁想到，今春和宗广走过的七里滨到江之岛的海滩，也一定宁静地沐浴着泛黄的秋日阳光吧?

还没到能看见大海的地方，就下车到了木崎的家。木崎老人和往常一样亲切地接待了她：

“为上次所说天官恩赐的话题，最近正想要去府上拜访一次呢！”

他先抛出松子卖房子的话题，让松子消除了拘谨。

松子将细长的包袱放到膝盖上说：

“这幅字画，谢谢啦！”返还了寂室和尚的墨宝。

“那是给你供在你父亲灵前的呀！”

“嗯。已经供奉过了……在我手里，那是投珠与豕，太可惜啦！”

“也是啊，词句嘛，生死事大无常迅速，内容不适合年轻姑娘啊！”木崎微笑着又说：

“不过，元旦那天挂出来，给那些沉浸在畅饮屠苏喜庆新年的人们看看，倒也有趣。”

“我也感受到了一点空虚无常。”

木崎目不转睛地盯着看黑眼睛的松子，感到她的眼底好像栖息着一只黑色的活物，她一低头，那活物的影子似乎就映在眼球上。

“不仅是‘无常迅速’，而且上面还有‘生死事大’，所以很合我意。”木崎两眼不离松子。

“松子小姐你说的无常是……”

“怎么说好呢。”

---

① 面向神奈川县镰仓市南部的相模湾海岸的名称，这里风景优美，作为海滨浴场全国闻名。

松子说话有些支吾了：

“我想起是帕斯卡还是什么人的语录……”

“什么内容？”

“看不到这个世界空虚无常的人，他自身就是空虚无常的。”

“那样说来，‘生死事大无常迅速’，这句话就好像更适合我。我不知道什么帕斯卡，恐怕你父亲也不知道吧？”

“便是我，也不清楚呀！”

“弄来陌生人的只言片语学习是很危险的。当然，我这个寂室和尚也不例外……不过，我不知道帕斯卡是在什么意义上说出这句话的，松子小姐，这个世界并不空虚无常啊！”

松子点了点头：

“见到木崎先生，我也那样认为。我总感觉，如果木崎先生您能居住我们家的房子，那么即便我不在，我也不觉得是把老爸一个人丢在那里了。”

“不对。纵然你不考虑去世的父亲，你父亲也会跟着你走的。松子活下去这件事本身，自然就是对你父亲的祭奠呀！”

接着，木崎还逗弄她说：

“不是和我这个糟老头子，而是和你喜欢的人在一起试试，这个世界怎么可能空虚无常？再者，即使你父亲不在了，只要你松子活着，这个世界怎么会空虚无常？”

二

因为木崎买房事定，松子去拜访她母亲。

因为父亲在世时母亲就私奔了，就等于她自动放弃了妻子的权利。但现在发现父亲死后母亲的户籍还在朝井家，那么，作为妻子的权利是不是就没有消失？

眼下就是让母亲离婚，也没有离婚对象呀。松子不懂法，但如果说母亲已经消失的权利因为父亲之死而复活的话，那也太离奇了。

也就是给不给母亲分遗产的问题。假设给分，那怎么个分法呢？

木崎也很担心，说是要找律师听听咨询意见。

“我相信母亲，我觉得母亲也相信我。”松子表了个态。

松子当然是打算分给母亲遗产。

父亲死后两三天工夫，母亲就说“头发一下子白得很厉害”。松子想，对这样一位母亲不管有怎样的前情，也要把父亲的遗产分给她。

父母间的问题、父亲的心情问题等等，被这些问题缠住，那事情就会复杂化；连怎么分都没个准主意，那问题就会没完没了。松子见过木崎后便有了决断，认为自己的意志便是父亲的意志。

给母亲分多少，也是由自己代父亲决定。

此外，松子还动脑筋考虑得很细致，甚至还想到鉴于母亲目前的生活状态及绀野将采取的态度，分给母亲的钱财还不能一古脑全部交给母亲，而是暂由自己代管一段为佳。

“长大成人啦！”她自言自语地对自己说。如果母亲和绀野的生活崩盘，现在即使全部交给母亲，恐怕最后也到不了母亲手里。

松子准备采取硬派做法，要见见绀野，并把去母亲公寓的时间预先电话告知。

母亲给开了门，铺着榻榻米的和式房间屋内情景立刻一览无余，松子十分意外。前一次曾仅仅来到门前站了一下，总觉得里面应该是西式房间。

能铺三张榻榻米的和能铺六张榻榻米的共两间，绀野从六张榻榻米那间屋窗边回头招呼道：

“啊呀！欢迎欢迎！好早啊！”

“约定是两点钟。”松子清晰地回答。

“原来这样！是不是我太磨蹭了。家里太破旧了，让我把拉窗重新糊一下呢！是想最起码把拉窗出出新，来欢迎松子小姐的。屋内这种寒酸样子，也只能糊糊拉窗啦！”

绀野拿着画油画的毛刷。

“为了你母亲，请你眼睛朝着拉窗看！不要多看屋子里！”

松子不知往哪里看好，望着绀野在急忙糊剩下的部分。糨糊装在喝红茶用的茶碗里，装得满满的。绀野穿着灯芯绒裤子，披着黑天鹅绒上衣。那个样子要说是正在画油画，尽管看装束有些疲惫，但总还看得过去，但却是用画油画的毛刷在糊旧拉窗，就有点不伦不类了。

绀野和松子大哥敬助一样毕业于大学的法学部，但在学期间因为画油画达到专业水平，还参加过小型画展，写文章也很在行，经常给大学的报纸写稿。在少女时代的松子看来，那真是带光环的偶像。

大哥敬助加入了大学的短歌会，是在那里和绀野成了好友的。

绀野从战地给杂志投来报道，带有笔触精细的素描插画，战争期间汇成了一本书出版，曾作为一名出名的士兵名噪一时。但后来患上了严重的神经衰弱，所幸被送回国内。

朝井家自费出版战死的敬助的遗文集，绀野帮忙理所当然。

绀野仔细研读了敬助在战地所写的信和日记，也会为敬助对继母的敬慕所感动吧？就连敬助的父亲都大吃一惊，重新审视妻子，到了对松子说妻子是“灵魂丰润细腻的人”的程度。

如此看来，绀野是因为敬助对继母的敬慕受其影响而动情，来看待其母亲的吧？

母亲呢，有做母亲的想法，看样子到了希望松子和绀野结婚的程度。

母亲和绀野之间的事，或许有死去的敬助的影响。

当时的母亲，或许作为“灵魂丰润细腻的人”过了头。

而眼下的母亲却为了迎接松子重新糊拉窗。

松子呢，就真的像绀野所劝，除了白色的拉窗，她竭力做到不看屋内的一切。就连正在糊拉窗的绀野，她也竭力做到不看。

然而，拉窗木格子没有清洗，但因纸很漂亮，木格子上的污垢就更加显眼。

母亲是没时间清洗木格子呢？还是连那点气力也没有了呢？

绀野在场，松子和母亲谁都不能畅所欲言。

松子，反倒不带任何感情色彩，开门见山地直奔主题：

“妈妈，镰仓的房子决定卖掉啦！”

“呀！”

母亲吃了一惊。

“木崎先生说是要买的。”

“木崎先生……”

母亲盯着松子问道：

“那，松子你怎么办呀？”

绀野一边把纸按在拉窗上，一边回了一下头：

“就是说，你妈妈终于就要无家可归啦？”

“妈妈回的家随时都有。不管我在哪里，都是妈妈能回的家。”松子说，她是瞬间作出的回答。

母亲把双手捂到脸上，开始抽噎，泪水从手指间隙如泉涌出。

“妈妈，是真的呀！”

“是吗？”绀野冒出这么一句，拎着毛刷站起，来到松子跟前一屁股坐下，就顺势把手中毛刷抛到身后去了。

“这下，我也放心了。领回母亲，就等于把属于父亲的东西得以领回家，那么松子也可以放心了吧。木崎那老狐狸帮你出点子了……那就用不着我重糊拉窗装门面啦！”

三

松子将院子里的菊花枝剪下，供到佛龛前，然后开始整理橱柜里的东西。

院子里的菊花是去年的残株上自行发芽生长、自然开花的。今年还没有侍弄。

松子察觉到把这个房子移交木崎之前，懒于侍弄的菊花还是都砍掉为好。

“木格子都不洗就往上糊纸，我不喜欢。”

松子环视着即将卖掉的房子，每天辛苦地干活。

虽然不是菊园，而只是一个小角落，但砍下的菊花却有一大抱，松子将这些花都给父亲供上了，给两个哥哥也供了一些。

父亲的骨灰已经安葬，只剩下照片在佛龛。两个哥哥有牌位，父亲的牌位还没有做好。佛龛准备留给木崎，那么牌位松子是不是要带走呢?

松子想了想，像牌位这样需要带走的东西还有什么。

在橱柜的最里面，发现一个铁皮箱，“母亲的黄貂披肩。”松子想起来了。

母亲出走以后，对母亲的衣物父亲连看都讨厌，说是：“就当战死的两个儿子孝敬继母的……”多半都给母亲送过去了。而这些又多半因为和绀野过日子经济拮据而换钱花了。

不过，也有像黄貂披肩这样留下来的。母亲是穷远亲家的女儿，无力带嫁妆来，一应衣物全是父亲给置办的，所以，即便留在家了也无法张口索要。

母亲是个用物品很经心的人，黄貂披肩的两张皮接缝处都还没有磨破呢。

那还是两位哥哥都在家的时候，过圣诞节请父亲给买的黄貂披肩，松子还清楚地记得当时母亲是多么欣喜若狂。

松子走到镜子前将那件黄貂披肩披在自己肩上站在那里。

镜中人，与其说是自己，莫如说是她见到了她所眷恋的昔日的母亲。

母亲深黑色的眼睛因为突如其来的惊喜而噙着泪花。黄貂披肩像一轮金色的光环，中间衬托着母亲的脸庞，将眼部映衬得更加黝黑，令人感到漆黑的瞳孔和睫毛似乎扩展到了眼外。

松子两眼直勾勾地盯着母亲遗传给自己的黑眼珠。

女佣来报，说是有客来。

松子慌忙将黄貂披肩取下拿在手中问道：

“哪位？”

“是一位小姐，问名字，人家不说。”

“是吗？为什么呀？”

松子糊里糊涂地往大门口走，半途猛然想起可能是卷子，便一下子站住了。

或许是因为秋日已近黄昏时刻，女佣将其看成“小姐”也是可能的。

松子将黄貂披肩放到隔扇背后，走到卷子面前。

“有话要跟你说，就来拜访了。”

“什么事呀？”

“好像令堂大人也在，或许令堂大人在一起听听更好。”

卷子回头朝大门口望了一眼，看起来又好像是转过脸避开松子的视线。

“家母没必要听。而且，家母也没有来……”

“啊呀！来了呀！刚才还在那儿的树荫下站着来着，我看见了呀！一看见我，唰地躲到那边去啦……”

松子不声不响地抽身从厨房后门走到院子的栅栏门前。

没有找见母亲。

环抱沟壑的小山上，西侧天空中晚霞似火。

担心卷子听见，松子都不能够出声喊一声“妈妈”。

晚霞过后

一

母亲，没有找见。

来到口袋一般的小小沟壑，松子在流经那里小河的桥上站住了。小桥宛如扎紧口袋嘴的带子。

松子一口气跑过来，但母亲可能没来这里。难道她藏身在沟壑的树荫里了吗？卷子也说在那边的树荫里看见了母亲。或许母亲躲进松子家院子里的树荫下了？

松子折回沟壑，虽然称为沟壑，但道路的两侧分别被另外的住家纳入自己的庭院，母亲能够藏身的树木也没有几棵。

“妈妈！”松子喊了一声后，看了一下桥附近银杏树的树干背面，黄昏后的寒气潜藏在暗影里。

“原来不在呀！”

松子不由得自语了一句。

已经有落叶了。抬眼望望树梢，还仅仅有些发黄，但也有的叶子似乎在迫不及待地将要落下。

山边上的晚霞已褪去了刚才火红的颜色，暗红色已经变得浓重。

在某处藏身的母亲的孤寂松子感同身受，她边看着脚下，边往回走。

卷子站在大门口。看样子她是从大门里出来了。

“找到令堂了吗？”

“好像走了。”

“这样啊？”

卷子一眼看见松子脚上趿拉着本来放在后门口的拖鞋，便说：

“可令堂站的地方也真够可以的，就好像在窥视你家里的秘密似的……”

难道因为松子告诉她要卖房子，她是悄悄来看一眼自己曾经的家？就算是如此，倘若没被卷子发现，她一定想招呼松子进入自己曾住惯了的家中吧？

但母亲被卷子看见后竟然狼狈逃匿，这更让松子窝心。

“还是让令堂大人也听听为好，遗憾啊！不过，这是要对松子说的话，一个人听也好。”卷子说。

松子牵挂着母亲心不落底，她问道：

“什么事呀？”

“不能在这里说。”

卷子站在那里，却没有要走开的意思。

松子想，要不要丢下卷子自己回屋去，但又想到卷子不走母亲就不能从躲避的地方出来，所以改变主意觉得还是听一下卷子的话，快点把她打发走为佳，就催促卷子说：

“请说吧！”

“你来找我说话，我怎么感觉有点怪怪的……”

“上来就摆出吵架的架势呀？”

卷子冷笑着进了大门，就喊道：

“啊呀！好漂亮的黄貂披肩……是松子的吗？”

刚才松子慌忙去后门时，忘了随手把隔扇拉上了。好像连里间的饭厅都被卷子看到，松子非常反感。

“好气派的房子呀！沟壑深处有这么大的房子，你一个人住不感到冷清吗？”

卷子被让到客厅后仍然在东张西望。

“什么事呀？”

被松子催促，卷子换了个姿势：

“松子小姐你三番五次地问我什么事，你真的那么介意吗？”

松子没有答腔。

“简单地说就是，宗广和我，分手啦！你已经从幸二那里听说了吧？”卷子窥视着松子的脸色，接着补充道，“离婚手续也正式地办好了。”

“嗯。然后呢？”

“装什么糊涂，什么然后？”

“不是从开头就分开了吗？”

卷子吓得一哆嗦，不过倒是非常意外地点了下头说：

“说不定就是的。”

松子想起来了，说宗广和卷子结婚“伊始就分开了”，这是幸二的语言。

“如果松子小姐你明白我和他压根就是分开的，那就更好了。一定是宗广给松子小姐你灌了那种迷魂汤……”卷子自暴自弃地又加上一句。

“有没有兴趣见见宗广啊？马上就把他还给你啦！”

松子气得手指尖都在颤抖，她压抑住愤怒看着卷子的脸：

“你这话不是自取其辱吗？”

“可是，说穿了，不就是那么回事吗？”

“什么事也没有。对你俩离婚我不感兴趣。”

“是吗？我的说法不对了吗？把美国人常说的这句话翻译成日语，就是‘你有兴趣吗’……”卷子倒是非常冷静，“是不是我被你松子小姐轻蔑的时段已经过去了呀？松子小姐不是打老早就一直试图轻蔑我吗，那就是松子小姐的嫉妒呀！”

松子受了屈辱，就像被人喷了毒液，她觉得这正是卷子表露出的她自身的嫉妒。

松子父亲故去，宗广来参加葬礼时，卷子也嫉妒得很厉害，对此宗广不是对松子重复了三次“嫉妒”这个词汇吗？卷子虽然和宗广离了，但还剩有嫉妒，今天上门不也是想来探探口风，看看松子究竟对宗广打的是什么主意的吗？

松子的戒心更大了。

“看似聪明伶俐、自恃高雅的女人，好像嫉妒心最强。那种人的轻蔑往往变种成为嫉妒。”卷子接着继续说，“松子小姐和宗广恋爱时，如果不是那般轻蔑我，我也不会想到把宗广抢到手。”

“你能不能别用‘抢走’、‘还给’这样的说法？”

“不过，我已经把宗广抢到手了，现在又要还给你，不是这样吗？当时我确实是想抢走的，我说的是老实话。我是来认输的，我承认抢是抢到了，但是失败了。尽管和宗广分手了，但我并不那么一味地怨恨别人，我是想请松子帮帮宗广的。宗广的情况很不好，到这里来参加葬礼后病情恶化，后来又过来薅松子小姐的头发，病情就更重啦！”

难道宗广把薅走的头发拿给卷子看了？松子打了个寒战，感到令人作呕，无以名状。

二

松子把卷子打发走之后，静静地坐了一会，就又出去寻找母亲。

“求你救救宗广的命。”

——沟壑里的晚霞消失了，对走在沟壑里的松子来说，卷子临分别时撂下的这句话，久久留在她的耳畔难以消失。是真心的希望呢？还是为了嘲弄而丢下的一句气话呢？松子猜不透卷子特意来访的真意。

那种好像把宗广的生死都交给了松子一般的语气，即便如幸二所说是卷子为了逃避责任，但也确乎是对松子的威胁。不管宗广是死是活理应与自己无干，松子虽然明知这个道理，但她不由得想起宗广趺趺撞撞揪住自己头发的那天夜里丢下的一句话——“只要爱过一次，责任就不能消失。”

即便自己被抛弃的现在，爱过一次的责任也不能消失吗？自己还真心牵挂宗广的病情，松子对此也觉得难以理解。

松子感觉母亲还等在沟壑里，再次走到桥那里，然后又匆匆返回，母亲踪影全无。

松子坐在梳妆台前，发现自己的黑眼珠已经失去滋润，变得很干燥。她对女佣喊道：

“洗澡水怎样了？”

“是。我想已经好了，我这就去看看。”

松子下到浴盆里，将热毛巾搭在眼睛上。一股温热直冲头脑深部。她松了口气，想到自己借幸二的话来对付卷子，又借幸二的解释来怀疑卷子，突然感到一阵羞涩。

那就给幸二挂个电话问问宗广的情况吧。

可是，如果说是宗广病情危险，那么，松子感到幸二会离自己更远；也感到不向幸二打问他哥哥的一切，就是珍惜自己对幸二的感情。

仅仅那样一想，心情便好了许多，甚至感觉如果自己去亲切地照顾，宗广还可能病愈呢。并且想到，如果自己是个能在身旁亲切照顾宗广那样的人，那么父亲也不至于死去。

“可我做不到啊！”

松子自语，她很后悔地想到，自己要是对父亲更多一些关心体贴就好了。

十二三天后，母亲来了电话。

“妈妈，镰仓……您在镰仓？哪里呀？”松子焦急地问道。

“在车站前呢。去找你行不？”

“请马上过来吧……妈妈，带伞了吗？对了，车站有车吗？”

“啊呀，到镰仓一下车，就一直下雨……”

“即便出租车都出去了，稍等一会就会回来的。妈妈，上次您是不是过来了？”

“那些话等见了面再说……”

母亲的声音有气无力的。

看来，见到卷子那个傍晚，母亲还真的来了。松子其后曾一度怀疑卷子说谎。

松子撑开伞等在大门口。

由于父亲的死，母亲与松子之间隔上了“漆黑的地狱之墙”，母亲在餐馆对松子说：“镰仓变得比阴曹地府还要遥远。”死去的父亲已经原谅母亲了吧？或许泉下父亲的亡灵还希望女儿去抚慰、帮助宗广也未可知。

小雨静静地下着，樱树的落叶被雨打湿粘在母亲所乘出租车的轮胎上，土很黏。

母亲钻到伞下，一把抓住松子的手腕。

“怎么了？”

松子一把抱住母亲的前胸。

向来拾掇得清清爽爽的母亲连头发也没有打开重梳，盘在脑后的发髻也凌乱不堪。

一进大门，母亲身体僵住了：

“已经隔了几年啦！这个期间你爸爸就在这里过世……”

“母亲想家了吧？”

“就你一个人？”

“一个人呀！”

松子爽朗地说。

母亲看着松子，与女儿视线交汇，便热泪盈眶了：

“对不起呀！知道你一个人过，可亲眼见到你一个人过还是……”

“一个人很好呀！”

“是啊！也许是那样。”

母亲的皮草屐后跟和脚尖部已经秃了，草屐带也松了。

松子先站起来，进了自己的起居室。她没有经过有佛龛的房间。

母亲刚坐到松子的床上就说：

“我是昨夜和绀野大吵了一架，就这么离家出走啦！”说完忽而笑道，“其实那里倒也不能称其为家。”

“妈妈，昨夜没睡觉吧？请在这床上躺会儿吧！”

松子揭下床罩，帮母亲脱去和服短外套，正要解下和服带，母亲按住了和服带。

松子让母亲在床上躺好，自己把椅子拖到枕旁。母亲抬头仰望着松子说道：

“好舒服啊！可以松口气了。虽然对不起你爸爸……”

说着闭上了眼睛，热泪从眼角滑落下来。

三

绀野那里，看样子母亲是回不去了，当夜，她就在松子的床上睡了。

可到了次晨，她就开始坐卧不安起来。说是要么去东京租房住，要么暂回乡下去。松子想，母亲离开乡下已经二十多年，而且恐怕既没有租房的钱，也没有换洗的衣服吧。

“我不是已经说了吗？不管我在哪里，都是妈妈可以回的家。”

松子虽然挽留，但母亲在担心着什么，她说：

“借你爸爸去世的机会我又回到这个家，世上的人们会怎么说我呀？再次给你爸爸脸上抹黑。”

松子想到，那么在乎左邻右舍口中名声和父亲体面的母亲，竟然能私奔到绀野那里。纵然结果并不幸福，但当时不顾一切的母亲说不定比眼下这个内心懦弱、担心世间人言可畏的母亲更幸福呢。

对母亲一生唯一的一次冒险，或曰解放，松子连谴责的想法也没有了。

“这里就是妈妈原来的房间呀！死去的哥哥的照片是妈妈挂上去的呢！哥哥在战地是那么敬慕母亲，一旦死去，哥哥也帮不了妈妈什么了，但既然您那样想，可能哥哥也想请妈妈能留在这个家里的吧，哪怕暂时的也好。这房子不久就要卖掉，交给人家啦。我们搬了家，左邻右舍的人也就变了，再者说，就是左邻右舍对母亲也会淡忘的呀！”

母亲仰望着两个继子的照片说：

“人呀，不知什么时候发生什么事情呀！”

母亲虽然决定留在这个家，但是一步也不往外走。即便是在厨房，一听说来人，马上就躲起来。

松子到木崎家去，告诉木崎希望早些移交房子，并说，自己母女两个准备去东京买个小房或者租房住。

“那样的话，干脆换一下好不好？在东京找到住处之前你们就住在我的老房子吧！这房子我已经不需要了，迟早要卖掉的……”

松子决定不客气地接受木崎老人的好意。

“那么，其后绀野没来说过什么话吗？”木崎问道。

“没。”

“那就好。那也是个懦弱的男人。你母亲要是真想和他分手的话，我替你们去见他一次吧，免得留下什么后患……绀野在你母亲面前也有短处，都是男人，由我出面不会引起麻烦。如果你们出面，如此没有生活能力的男人说不定会缠住你们不放的。”

松子和木崎两家四五天后互换了房子。

松子搬家的事只想告诉幸二，便往他公司打了电话。

拨了电话，松子还没开口，幸二便说：

“我也正想见你哩，”

“不过，稍微犹豫了一下。”

“呀！为什么呀？”

“其实，我哥哥去世了……”

“你哥哥他……”

松子手中的电话听筒几乎要掉到地上。

“我没有告诉你。葬礼在十天前已经办完了。”

“啊！”

松子一时间说不出话来了。

幸二不告诉松子宗广的死讯，究竟是出于对松子的体恤呢？还是因为松子没去看望宗广而生气了呢？这种迷茫顷刻间涌上松子的心头。

惟剩女眷

一

和木崎老人对换了房子后，松子母女过起了二人的新生活。

虽说是对换，实际上是松子家的房子卖给了木崎，两人不过是在木崎的老房子暂住而已。

“这房子要是请木崎先生转让给我们怎么样啊？能便宜点卖给我们吧？”母亲说。

“那不行啊！这个房子我们住也太大了。我要到东京去工作的，如果妈妈不跟我在一起，我是打算租房住的呀！”

“我在，你也可以租房住呀！原先我还不是住在那么烂的破公寓里。”母亲眼神里透着辛酸，“不过，我原来是希望让松子在老房子结婚的，在你父亲在世期间。我的出走影响了你的婚事。”

“一点也没影响。影响了我什么？要说影响，是我自己影响了自己啊！”

松子对母亲所说的“让结婚”这句话感到怪怪的，母亲那样义无反顾地私奔，却拿家长的口气说话，松子对此虽然不是清晰的反感，但听起来似乎觉得有几分意外。

松子猛然悟道，不知不觉之中自己也已经不再是爹妈催婚的姑娘了吗？

“这个房子房租还没谈定呢，跟木崎先生商量，他说算了吧。可木崎先生是打算卖掉的，所以，我们也不能住太久。”

母亲环视着房间各处说：

“从那个家搬到这个小房子，显得东西真多啊。虽然花了几天工夫收拾，还是没地方放呀。”

“那都怪妈妈您呀！本来我说留在那个家木崎先生能用的，就连房子一起处理了算啦，可妈妈您这也舍不得那也舍不得，结果这个家就成了储藏室啦！”

“那些东西满载着你爸爸的一生，就那么三下五除二地稀烂贱处理掉，太可惜啦！回头一定会后悔，会觉得冷清的呀！”

“可是，您刚才不是也说了没处放吗？今后我们不需要的东西，还是卖掉的好。我们娘俩就这样生活下去，不就等于是爸爸的吗？如果说爸爸的一生都满载在什么东西上的话，现在爸爸就满载在你我母女俩身上啊！”

“不知会不会这样想？”

“您是说父亲……”

松子一边反问母亲，一边深感母亲的逻辑怪异，矛盾百出。

丈夫的一应家产家具自不待言，就连丈夫本人都舍弃私奔而去的母亲，因和情人绀野的生活拮据而又回到丈夫死后的家，却把早已毫无使用价值的家具当作思念丈夫的遗物，表现出一种难以割舍的眷恋。

虽然松子没打算不客气地揭母亲之短，但倘若父亲泉下有知，会不会苦笑呢？不，恐怕会微笑吧？在眼下的松子想来，死者是不会谴责生者的。

“父亲是希望他自己死后我和母亲一起过的呀。他那样说，过后一想，就好像是父亲的遗嘱一样。”

母亲一边眨眼，一边将目光投向窗格子，好像在寻找父亲的照片。松子两个哥哥的照片在那挂着。就像在原来的家母亲在自己起居室所做的一样，搬到这个家后，母亲也忙不迭地挂上了继子的照片。

松子也抬起头来，静静地说：

“家里，只剩下女人啦！”

电车开进了院子下边的车站。

母亲似乎总有点战战兢兢的，她耸肩缩背地透过拉窗玻璃一边望着电车那边，一边说：

“电车就在地板下通过，木崎先生在这种地方真能克服啊！现在呢，拉上拉窗没关系，到了夏天屋里情况在电车上可就一览无余啦！”

“可不，我也那样认为，还跟木崎先生说过。但木崎先生的回答令人佩服。他说家里没人做坏事，被看到也无妨……”

“可是，总让人不舒服吧！”

“八竿子打不着的外人，还真是意想不到，根本不往别人家里瞧……”

“倒也不是呀，相当烦人啦！”

“但木崎先生就是那种人呀，对那种人，社会上好像也不大跟他啰嗦。”

"也许是这样。"母亲点头称是，"我也是，刚搬过来时，电车一来我就惊醒再不能睡了，但最近听到电车声音也是似睡非睡地不会惊醒了。看来人对任何事都能很快就适应啊！"

"是啊！不过，也不是所有事都那样。"

松子不太理解母亲的话，再一次抬头看哥哥们的照片。

在松子想来，她对被母亲抛弃的悲伤，对被宗广抛弃的悲伤，对父亲丢下她而死的悲伤，都还没有适应。

便是母亲，对离家私奔后和绀野苦日子过不下去而分手的悲伤，看样子也还没有适应。

每当电车到达，她便透过拉窗玻璃向外看，是害怕绀野找来吧？

但是，逃回女儿家在女儿床上昏昏大睡一觉后，母亲眼看着一天比一天有活力了，就连眼睛都显得晶莹明澈、顾盼生辉了。

有一次，母亲坐在松子的梳妆台前在拔白头发。就是松子父亲死后两三天工夫白了一大片的那些白头发。

重新焕发青春的母亲，不会再长白头发了吧？

曾在镰仓车站下车都怕被人看见的母亲，总算是在镰仓安顿下来生活稳定了。

眼下看来，被松子父亲、哥哥留在世上的松子母女将会一直互相体贴、互相取暖，过波澜不惊的生活。

哪怕母亲早晚打扫房间时，如果电车来了，她还是慌慌张张地拉上拉窗。而松子因为听过木崎的话，就不想躲躲闪闪。可能有的乘客眼里会看到一位漂亮姑娘幸福地生活着。

"妈妈，开着电灯的话，从那个电车里也能看到哥哥们的照片吧？因为是军装照片，也许会以为我们是军人遗属呢。家里光剩女眷……”

“说是女人罪孽深重，才被留在世上的吧？”

“罪孽不深呀！”

二

在幸二电话通知宗广死讯的时候，幸二曾对松子说过“哥哥想见你呢”，其后就既没来电话，也没来信。

父亲一眼瞧见母亲并因精神刺激而倒毙，宗广并没有这种情况，松子对他的死亡也不像母亲那样会自责，责任在宗广自身。

再者，父亲和母亲，与宗广和松子，其关系是不一样的。

不过，见到母亲拔白头发，松子想到自己被薅掉的头发说不定还在停放宗广遗体的床上呢，便不由得打了一个寒战。

再者，宗广是怀着对松子的记忆死去的，夺去松子纯洁的人也就不在世上了。然而，即便那个人没了，纯洁却丝毫也不会回到松子身上了。

这种痛楚现在仅留在松子一人的记忆中。

抛开松子本身对宗广的感情，从松子父亲和宗广父亲的故交来说，或者从幸二和松子的交情来说，是不是松子也该去吊唁呢？不管怎样，宗广是带病来参加松子父亲的葬礼的。

但是，松子既不愿去，也觉得没理由去。

只是，由于自己对宗广的死心里有个疙瘩，从而和幸二之间也好像要产生隔阂，这种惴惴不安似乎在追赶着松子。

宗广的死，松子没有告诉母亲。

母亲是只穿着身上现穿的而没带任何其他衣服来到松子家的，连睡衣也没有，只好穿父亲的旧浴衣。

“妈妈，还是穿我的比较好，您穿男人的，太不成样子啦！您还年轻啊！”

松子拿出自己的睡衣，但母亲嫌太艳了，并说：

“我已经不年轻啦！我的一生已经结束了。今后就是带带孙子什么的啦！”

“孙子？您说的孙子是指我的孩子呀？”

“对。如果松子你能给我带你孩子的机会……”

“这种话我不爱听。”

“可是，不就是这样吗？你想想，女人，就是这条人生路呀！今后的我还有什么呢？看到松子你有这么多浴衣，我就想到，这样一来就是生了孩子也不发愁了……”

“不爱听不爱听！您说的是真心话？”

“上了年纪的女人带带孙子，是不是一种幸福啊？”

“我还没有考虑孩子的问题，妈妈为什么考虑到孩子问题了呢？”

松子内心涌起某种类似愤懑一般的感情：

“我甚至想，妈妈您再来一次和绀野私奔那样的事才好呢！要比带孙子强啊！”

“啊？你说什么？”

母亲的脸一下变得苍白，观察着女儿的脸色。

“真的。我想，在绀野那里如果母亲感到幸福，我就是一个人过孤寂一点也没什么呀！”

“我已经够啦……”

母亲摇摇头，闭上了眼睛。在闭眼时间内或许想起了什么，脸上蒙上一层红晕，在松子看来，此刻的母亲妩媚无比。

“母亲来镰仓后还一次也没去过东京呢！”

“嗯。”

母亲点点头，睁开了眼睛。

“一点也不想外出。多亏松子你，我过上了这样安稳的好日子，在我还是第一次啊。”

松子把母亲硬拉出了门。她突发奇想，要给母亲将和服以及随身一应物品全部买齐。

母亲年轻轻就结了婚，但却自始至今总是一直穿着远比自己年龄老气的素淡衣服，现在最起码要给她穿跟自己年龄相应的，或是比自己年龄稍艳一点的衣服吧。

银座背后小巷有松子常去的和服店，但估计母亲怕羞，就去了日本桥的百货店。

松子不让母亲开口，自作主张地给母亲买了一大堆。

母亲目瞪口呆：

“松子，赶快住手！你是想隐瞒我的年龄打发我出嫁呀……”

“如果妈妈您愿意的话……”

“别开玩笑啦！你父亲已经过世，我如果穿上这些艳丽的服装，还不知世上的人们会说什么呢！”

“就让她们说您是疯子好啦！如今女人不讲年龄呀！漂亮的人既可穿朴素的服装，也可穿华丽的服装呀！”

三

在餐馆休息时，母亲似乎买东西累了，有点发呆。想到买东西用的是卖掉父亲房子的钱，可能心里越发不是滋味吧。

不过又像是突然发现似的说：

“我们去看看松子能穿的盛装如何？去年松子你和你爸爸去京都参加的光悦会马上就要到了吧？最好买茶会和新年都能穿的！”

“新年我家在居丧啊！”

“啊！”母亲表错情，显得有点尴尬：“参加茶会之类总可以吧？去年你爸爸也和你一起去的……幸二今年不是也要参加吗？”

“幸二也在居丧。”

“幸二也在居丧？为你爸爸？松子，你订婚了？”

“他哥哥去世了。”

“宗广先生？”

母亲屏住呼吸，看着松子：“去世了？”只是在机械地重复这句话。

在回家的电车上，母亲像想起来了似的说：

“幸亏松子你没有和宗广结婚啊！”

松子没有回答，只是目不转睛地盯着沐浴在夕阳中的户冢一带的小山，山上的杂木树林已经泛黄。

母亲单纯的想象就是：如果和宗广结了婚，松子现在说不定已成了拖着孩子的遗孀。

然而，即便宗广和松子结了婚，仍然会死吗？当然，一般人认为，不管和谁结婚，该死的人仍然会死的，但也有相反的情况。一般人认为一个人的寿命，别人无能为力。但是，别人却可以加以微妙地保护。况且，一经成为夫妇，对方则不再是外人，双方生命是相互流动、相互支撑的。心肺等的疾病会因本人心情的好坏以及周围人护理的周到与否，既可能变好，也可能变坏。

宗广之妻卷子也一样，她简直就像求人救命一般，用“把宗广还给松子”的说法到松子这里来求助。如果抛开男女间的纠葛不谈，倒很像对疑难病人放弃治疗的庸医向名医求助。但松子自己和宗广之间离不开男女关系的纠葛。松子没有超越它的力量，她既当不了守护宗广的天使，也成不了护士。

可是，其结果是不是松子成了对宗广见死不救的人了呢？

虽然她觉得这是一种意气，但这种意气在内心动荡，她消除不掉。或许这就是女人对爱的依恋，或曰不舍。

然而，如果说母亲私奔造成父亲的死去，松子的离去造成了宗广的身亡，那么，男人寿命的年年岁岁似乎属于女人，松子不由得感到身为女人的自己的可怕。

给男人带来死亡的母女二人，用男人工作留下的钱购买锦衣华服，以一副悲伤的岁岁年年不久即将过去的表情，返回到自己的小窝。

门上的信筒里有张纸条，好像母女不在家时木崎老人来过了，纸上写着想见松子。

“什么事呢？”松子拿给母亲看，并说，“写的内容有趣吧？说是即便不在家，白天有电车乘客代为看家，可以确保安全！”

松子立刻去到自己原来的房子，被让进父亲的客厅。拉窗并没有换新纸。

“你妈妈怎么样？”

木崎不等松子回答就说：

“其实今天绀野来了，我骗他说你们搬到东京去了。绀野说是在广告公司就职了，是来接你母亲的。来接么，倒也可以，不过我说的话可都是让他们分手呀！”

“谢谢啊！”

“看样子，绀野显得很疲惫。我是这么说的——互相都很累的男女关系，就不正常。再者说，你母亲已经回到故去的丈夫的家，不再回你那里了。对手是阴曹地府的人，没办法要回来了。你要是把鬼魂当情敌，那就性命难保了。等五年后你要是还想和她在一起，我替你把她从尼姑庵拖出来，我老头子当月老玉成你们呀！”

这套话很像木崎说的。松子悬着的心放下了。

“告诉我妈妈行吗？”

“绀野过来的事……还是告诉的好吧。绀野倒也未必没有诚意，不过，你不必担心你母亲还会回到绀野那里去喽！”

又过两三天之后，幸二来信了。信里还夹着光悦会的邀请书。

是个不太正规的邀请，问松子今年是不是也去参加光悦会，只写着如果松子去，在动身前想见一面。

松子立即打电话，和幸二约好在普利司通美术馆不见不散。

母亲把松子送到院落下面的车站，并叮嘱说：

“给幸二先生带好啊！好好告诉他我也在和你一起过呢，方便时候请来家里吃顿晚饭！”一边说，一边无意中抚摸了一下松子外套的肩膀。

北山阵雨

一

松子从横滨坐上了特快列车“鸽子号”。

幸二从车窗看见她，接过她的提包，两人的座位是并排挨着的。

“你能来太好啦！虽然约好了，但我心里总是不落底呀！”幸二将松子的提包放到行李架上，边让出窗边座位边说，“松子小姐你要是没来，我打的主意就是从横滨下车。因为我不会一个人去京都参加茶会。”

松子两颊泛起了红晕：

“去年是坐十二号的夜车去的，十四号的‘鸽子号’回的……”

她回忆起往事，说：

“是和父亲的最后一次旅行。”

幸二点点头，沉默良久后说：

“正好过去一年啊！”

“我妈妈给你带好……”

“哦，我以为令堂能送你到横滨呢！”

“本来是那样说的，但怕见了你不好意思。”

尽管已经是十一月十二日，但天气却暖和得让人感到热，松子脱下了藏青色大衣。

从汤河原到热海一带的大海宛若春霞，山上的蜜橘已经泛黄。

虽然约好了，但松子究竟能不能来，幸二似乎曾抱有怀疑。也难怪幸二怀疑，松子同幸二仅两人相伴出门旅行或许是个非同小可的事情。眼下跟松子一起生活的母亲能放出松子跟男人去旅行，也算是很离谱的事情吧。但眼下的母亲与其说是跟松子客气，莫如说对松子言听计从，根本不会妨碍松子的自由。不过，在母亲看来，此二人似乎有恋爱苗头，母亲看样子是希望松子和幸二结婚。对此松子心知肚明。

尽管松子明白，但松子的想法却与此迥然不同。在松子来说，正因为她清楚自己已经不能再爱幸二，更不能将其当成结婚对象，两人去京都才得以成行的。这是不是可以说是出于一种对幸二的排除了婚恋关系的亲密。

松子接到幸二邀请参加光悦会的邀请书，到东京与其见面那天，幸二迟迟疑疑地吐露出宗广的死是自杀这件事。

松子脸色剧变，幸二压抑着痛苦落落大方地说：

“本来我想哥哥的死就不告诉松子小姐了，我呢，今后也不打算再和你见面啦！但是，松子小姐你打电话告诉我搬家时，我顺嘴就说出去了。说出去之后又想，这事还是说了为好。”

松子一言未发。

“现在也是有点纠结。说不定哥哥自杀的事还是不说为好啊。这样松子小姐就一直以为是病死的吧？”

“我是那样想的。”

“即使不自杀也许会因病死去的……横竖和你松子小姐无关。你只要知道我哥哥从这个世界消失了就行啦。”

当时，两人像上次一样出了普利司通美术馆，从京桥向马场先门，然后护城河边，再后向日比谷方向走去。

“哥哥没有留下任何遗书，不知是以一种什么样的心情死的。我呢，貌似明白却是真的不明白。即便有遗书，也不可能明白的。即便明白，哥哥已死，时过境迁，也是无可奈何了。自杀者不是战胜了自己而赴死，就是败给了自己而自戕，相对来说，哥哥是两者兼而有之。总之哥哥自己选定了自杀时间，既逃脱了死的恐怖，又摆脱了生的恐怖啊。我对哥哥的死尽量做到冷处理，并不是因为在松子小姐面前我才那样说的。生者对自杀除了抗议，别无办法吧？”

松子仍在沉默。

“我不拟对哥哥的死承担责任，反倒是哥哥应感到对我有责任呀！如果说我从此就连松子小姐也不见了的话，那是为了请松子小姐忘掉哥哥的死啊！”

“忘掉也无妨的事，自己倒应尽力忘掉……”松子说，他感到自己胸膛穿过了一股清风。

接受幸二之邀请，走进了帝国饭店的西式小餐厅。虽然似乎有几分像是告别晚餐，但在那里约好一起去京都。这难道是发自对离散而去者的一种惜别之情吗？

从幸二对哥哥之死的谴责口气，松子油然感到，幸二内心是不是将与松子见面看成一种侮辱？难道他不是出于对哥哥的同情而对松子怀恨在心吗？

然而，对于宗广的死，松子并不想做任何辩白，甚至觉得对其弟幸二表示追悼之意也是不正常的。

那天，松子少言寡语地和幸二告了别。

在去往京都的火车里，松子也还是很少说话。不提宗广，两人之间就好像有什么梗阻物，即便如此，松子也似乎无话可说，似乎在等待幸二说话。然而，时至今日，为什么仍然脱不开宗广这个话题呢?

“去年这个时候，姐姐回了神户的娘家，因为是我替哥哥把她接回来的，所以，顺便邀请她参加了光悦会。一回到东京，哥哥很不高兴，似乎认为我和当嫂嫂的在京都玩乐了。姐姐当时已打定主意分手，所以根本不想马上回东京的。”幸二说。

关于卷子的事，松子什么也不想听。

“哥哥死前注销了姐姐的户籍。这次将噩耗通知她，她还来参加了葬礼，不停地哭。”

松子一声不响。

“不过，没有告诉姐姐哥哥是自杀死的。”

一到入夜的京都，整个城市阵雨霏霏。

在四条一带，从车上看得见商店店头悬挂着举行鸭川舞[1] 时节的红灯笼。

二

住处是去年松子父女下榻的旅馆，房间也和去年一样。

---

① 鸭川舞踊，始于一八七二年。从一九五一年始直到一九九八年，京都每年春秋两季两次举办，在先斗町上演。小说中说时间为十一月，系秋季上演季节。

松子把这件事告诉幸二，他兴致勃勃。

但是，因为只订了一个房间，所以，另一床被窝就铺在隔壁套间。那间屋是可以铺六张榻榻米的大房间，两人互相推让时，

“啊呀，今晚就当你和父亲一起休息吧！”幸二说，“去年的今晚，在同一个房间……”

“去年的今晚是在夜车里睡的，次日早晨到达的。”

“那么，明天晚上好吧？”

松子钻进被窝后暂没有关掉枕旁的小灯，她望着隔扇。狩野派那种水墨山水楼阁画面上，金粉颜色已黯然褪色，在幽暗的灯光下发出微弱的光。

松子竭力设想隔扇那边睡的是父亲，但却浮想不出那种景象，仅有一股孤苦寂寥之感涌上心头。隔扇那边的幸二睡着了吗？

十二号本来挺暖和，而十三号却立刻冷起来。天空阴沉，阵雨欲来。

两人乘坐的车通过二条城附近的松树林荫路时，看得到已经有人支起雨伞，市营小电车也似乎显得湿乎乎的。

“去年也是下着阵雨。”

“回去时坐的还是幸二先生的车呢！”

“不过，我幸二连续两年来参加光悦会，想想都感到可笑啊。既不懂茶道，对茶具也一无所知……”幸二说着，回头看了一眼松子。

“我还不是一样啊！是父亲说，既然在学茶道，就算学学样子，也还是去参加次把的光悦会为好，这才带我来的……”

“可是，去年在意想不到的地方见到松子小姐吃了一惊，更想不到今年居然和松子小姐一同来了呀！”

“真是这样的。”松子点头称是。

“不过，好像倒也不是那么意想不到的事。要说意想不到，所有的事都意想不到吧？”

去年的今日，在光悦会上见到幸二到今年和幸二一起参加光悦会，这一年之内，松子父亲去世、母亲和绀野分手回归家庭、宗广和卷子分手后自杀。变化巨大。其中没有多大变化的，好像就是松子和幸二了。

在光悦寺下车时，松子跟司机借了油纸雨伞。

寺院居室大门旁边的白山茶花今年也开了。和去年一样，他俩从正殿往寺院居室走，经过走廊来到院子里。

三巴亭、太虚庵都很拥挤，搭起的帐篷里长排马扎上铺着的红毛毡上，也坐了很多等待席位的人。松子二人去了光悦的陵墓。

“陵墓很简朴啊！”幸二很感意外地说。

插在青竹花筒里的菊花也很素雅。红叶下面的墓碑被阵雨打湿。

“就在茶室附近，去年却没有留意。”

松子透过墓道中的红叶看着茶席方向说：

“去年就是在那儿见到你的呀！”

“是的。你们是从最里面的东京茶席过来的……今年要不要先去骑牛庵呀？”

骑牛庵也是东京召集人担任主持，松子二人首先一走进正席，就看到壁龛里挂着国宝即休契了禅师[①]的墨宝；羽根田盆[②]里，放着

① 即休契了禅师，中国元代禅僧，住金山寺，来元朝的日本僧多人师从其学禅。代表性墨迹是一三五〇年赠日本渡元僧愚中周及的送别偈（日本重要文化财产）。
② 羽根田盆，又称羽田盆，系室町时代后期涂漆师羽田五郎创意设计出的方形、漆成黑色的放物用木盒子。

特别著名的古铜花瓶，里面插着红色的本阿弥花蕾[①]。茶锅是光信所画的底画上有着霰马地纹[②]的“古芦屋”[③]；茶叶筒则是著名的唐物宗悟茄子[④]，听在座的人说带有峰红叶[⑤]的铭的茶碗好像十分有名，所以松子也特别留心去鉴赏。

在等候室本阿弥庵，壁龛里挂的是国宝佐竹本三十六歌仙[⑥]之一的清原元辅[⑦]的带肖像的和歌画轴，书房里摆放着光琳[⑧]的佐野渡砚台盒[⑨]。

因中午已过，他们到点心席休息。瓢亭做的半月形便当外加清酒，幸二只喝了一口。点心席也异常拥挤，人们热烈交谈。松子二人没什么熟人，便坐在角落的马扎上眺望许久两座圆溜溜的小山。去年，松子父亲看到这小山曾感叹道：“呀嗬！成了秃山啦！”

从那里进入了金泽召集人主持的德友庵，在等候室看到了雪舟的作品《鹡鸰》，松子吃了一惊。这幅作品不大然而清雅悦目。

---

① 茶席的壁龛里挂的书画作品下面，要摆放插着鲜花的花瓶，该花称“茶花”，根据季节的不同，一般多用山茶花。这里所指是名为本阿弥的山茶花的花蕾。

② 霰马地纹，表面有颗粒状小突起的花样。

③ 古芦屋，芦屋指茶道用茶锅，室町时代在现在福冈的芦屋制作。永正（1504—1521）以前的称“古芦屋”，弥足珍贵。

④ 唐物宗悟茄子，唐物指中国制造的；这里指千利休之前著名茶人武野绍鸥的老师十四屋宗悟所收藏的茶叶罐，系大名物，茄子形状优美，釉子色彩艳丽，自古有名。

⑤ 峰红叶，鼠志野茶碗之一种，底部小，上部大，暗红底色上有类似飞白的甲骨文等花纹。可能因为暗红色的底色而被称为“峰红叶”的。

⑥ 国宝佐竹本三十六歌仙，这里指日本国宝“佐竹本三十六歌仙绘卷”，是带肖像画的和歌卷轴。该绘卷制作于镰仓时代，是肖像画、歌仙画的代表作。原为上下两卷卷轴，每卷十八位，共有三十六人的肖像及其和歌。

⑦ 清原元辅（908—990），平安中期歌人，三十六歌仙之一，清少纳言之父，肥后（今熊本县）的地方官。有家集《元辅集》。

⑧ 光琳，指尾形光琳（1658—1716），江户中期画家、工艺家。京都人，光琳派代表画家。代表作有《红白梅图屏风》等。

⑨ 佐野渡砚台盒，上面画的是咏诵《万叶集》里一首和歌的内容，说的是某男在群马县佐野渡口过桥来往于女人处，被女人父母坑害二人双双溺水而死，后孤魂被僧人所救而成佛的故事。

"去年在玄琢席上，您看到了雪舟的画了吧？中间有两棵松树高高耸立……"松子说，"那幅山水画家父让我经常看看，所以我没有忘记。这是雪舟年过八旬的作品，有位名叫了庵的僧人写赞时的年龄是八十三岁。比起他们八九十年的漫长一生，年轻的松子你春梦还浅得很哩——家父说了这些话……"

"光悦也活到八十岁了呀，我们到八十岁还有五十多年呢！"

在正席上，远州所持的铜、锡合金的经筒[①]里，插着白玉山茶花和寒菊的蓓蕾，茶碗是闻名遐迩的青井户[②]的宝珠庵[③]，茶叶筒是著名进口货的木目肩冲[④]，茶勺是光悦的共筒。

在大阪召集人主持的正席太虚庵，可以看得到贴着古土佐红叶扇面的寸松庵色纸，壁龛横壁挂着远州所做、铭为"深山木"的竹花瓶，正所谓"花是白玉山茶花，配上深山木的竹花瓶"，还有特别著名的名叫"残月"的茶锅，光悦的黑茶碗七里等等。松子回忆起了去年，自己是以刚见到幸二的心不在焉状态来到这个茶席的，三色纸上的和歌，伊罗保的茶碗，所有的一切都没有好好看。而今年，又是和幸二并排而坐，仍然是感到几分忐忑不安。

然而，松子想，今年和去年相比是多么的不同啊！去年见到幸二的身影，自己还下意识地想躲到父亲身后，而今年竟然和幸二一

---

① 经筒，将写好的经文埋进"经冢"时使用的容器，细长，一般多为铜质，也有镀金的铜、铁或陶瓷的。

② 青井户，井户，是朝鲜茶碗中最著名的。井户之名一说被认为源于室町末期大和豪族井户氏所藏，但不确。有大、青、小井户之分，其中青井户整体为枇杷黄，略带一点青，尤受茶人珍爱。

③ 宝珠庵，井户茶碗的一种，釉子泛青很厚，柔和，无光泽，底为褐色，朝鲜李朝（1392—1910）中期出品。

④ 木目肩冲，"木目"的意思是指用混杂不同颜色的黏土烧成后出现木纹样图案的陶器；"肩冲"也是茶叶罐之一种，肩部有一圈棱角。

起来京都，并且到哪个茶席都是出双入对。不同还不仅如此，去年的幸二对松子来说，其身份与其说是幸二自己，更多的则是宗广之弟。即便仅仅看到幸二车里有女人的披肩和外套，松子便立即直观断定是卷子的东西，从而变得全身僵硬。松子也明白，父亲带自己来光悦会其目的之一就是为了女儿排遣失恋的痛苦。而一年后的今天，甚至对宗广的死，她都没有感到有多悲痛。幸二，与其说是宗广之弟，莫如说成了幸二自己，坐在松子身旁。

剩下的一个三巴亭是京都的茶席，今年很罕见地由表千家不审庵担当主持，唯独这里的茶席是淡茶。休息室的字画是宗达[①]所作的底画上光悦书写的和歌色纸，其和歌是：

简陋破柴门，
斜阳淡照洒余晖，
黄昏晴空里，
因何阵雨落山巅，
预告隆冬将来临？[②]

写着“庆长[③]十一年十一月十一日”。和十一月十二日、十三日的光悦会会期刚好衔接。今天或许也是“斜阳淡照洒余晖，黄昏晴空里，因何阵雨落山巅，预告隆冬将来临”的风景。道入七种黑茶碗之

---

① 俵屋宗达，桃山时代到江户初期的画家，俵屋为家号。京都富户出身，将卷轴技法装饰化，为水墨画打开了新生面。
② 出典为《新古今集五七二》，作者藤原清辅。原文为“柴の戸に、入り日の影は、さしながら、いかにしぐるゝ、山べなるらむ”。
③ 庆长，一五九六至一六一五年，在位天皇为后阳成天皇到后水尾天皇。

一的“闪电”也摆放在那里。替换的茶碗是御所丸的“黑刷毛”[①]。

一进入正席，映入眼帘的是后鸟羽院的熊野怀纸[②]，古铜园城寺[③]的花瓶里插着红白两色山茶花。利休珍藏过的茶具架上，摆放着青瓷浮牡丹的水罐，而架子对面的主客席背后有佛龛，供奉着光悦的木像。佛像前的佛具“三小件”[④]是当代乐吉左卫门的新作。另外，在席间见到了掌门人即中斋宗匠，所以松子让心情沉静下来望着年轻人点抹茶。

“刚才抹茶点得很漂亮吧？”松子出到院子里后说。高高的松树树干配上似火的红叶，强烈的反差很刺眼。

三巴亭里，装茶锅“望月”[⑤]的盒盖背面，写着“东山义政公御铭、望月、残月、天明作”，“望月”和太虚庵的“残月”[⑥]同时拿出，似乎成了今天的话题。

三

今年的光悦会肯定拿出了相当多的著名茶具，但松子和幸二都是“外行看热闹”，正所谓有眼无珠，不能像别的茶客那样一边交谈

---

① 黑刷毛，日本向朝鲜订货、然后由“御所丸号”船运到日本。歪斜和多角形高台是其特征，留有黑色刷毛的痕迹，碗身清晰可见一些尖锐的棱角。

② 熊野怀纸，后鸟羽天皇让位后二十四年间二十八次行幸熊野，写着此期间开歌会的和歌怀纸称熊野怀纸。现仅存三十几页，作为镰仓初期的假名书法笔迹有重要保存价值。

③ 古铜，指铜、锡、铅合金；园城寺，是该花瓶的铭。古铜园城寺，在这里指利休做的竹花瓶，铭为“园城寺”。

④ 三小件，指香炉、花瓶、烛台三件。

⑤ 望月，著名茶锅，圆形，“望月”名字是足利义政所起并刻下铭文。

⑥ 残月，著名茶锅，圆形，“残月”名字也是足利义政所起并刻下铭文。足利义政曾将“望月”和“残月”作为“古天命名物锅双璧”。

着对各个名茶具的印象、各个茶席茶具的搭配等，一边踏上归途。

“今天一整天的活动和我自己的日常生活真是有天壤之别呀！”

“这种活动一年来上一次好像也不错啊。明年要不要也来呀？”

松子点点头。

“可是，一年之中人的身世会有相当大的变化……我是这样觉得的。”

一回到旅馆，松子精疲力尽，连去逛逛阵雨中市街的心情也没有了，和幸二也没有说话。可也是，两人说什么好呢？

当晚，松子早早钻进被窝睡了，但却被自己噩梦中的叫声惊醒。

有人压到自己身上，似乎是个男人，自己无论怎么挣扎也逃脱不掉。

心扑通扑通地跳。用手摸摸额头，大汗淋漓。松子打开了枕旁的电灯。

那不可能是幸二，根本就没有人。

恐惧一消失，松子感到了某种羞愧。枕头似乎被汗水浸湿，她把这个枕头翻了过来。

“你醒了吗？”幸二从隔扇那边招呼道，“你好像魇住了，叫得很凶，我正想叫醒你呢！”

“已经没事了。没什么。”

“做梦了？”

“没有。”松子否认道，不过却又问道：

“我说了什么梦话了？”

“没，我没听清楚……”

“我的声音把你搞醒了？”

“好像是。”

“对不起。”

“不必。可你睡得着吗？”

“嗯。”

“如果睡不着，可以晚睡一会说说话呀！”

“不，我能睡着。”松子说完翻了个身，看了看隔扇上褪色金粉发出的暗淡的光，把灯关掉了。

后　记

川端康成（1899—1972），具有世界性影响力的日本现代文学大师，是新感觉文学流派里达到最高成就的作家，他用现代主义文学技法重新发掘出日本的古典传统美，留下了一大批具有极高审美价值的文学财富。因其《雪国》、《古都》、《千羽鹤》等作品荣获一九六八年度诺贝尔文学奖，是日本第一位诺贝尔文学奖得主，也是亚洲第一位用东方文字写作的该奖得主（一九一三年印度诗人、作家泰戈尔获诺贝尔文学奖，但获奖作品诗集《吉檀迦利》系英文写成）。《雪国》，以一种淡淡的哀愁烘托了沦为艺妓的年轻姑娘驹子的辛酸、郁闷和对爱情义无反顾的追求，在梦幻的氛围中，将驹子那炽烈似火的情和岛村的飘渺阴冷之爱对照描写，有如一首哀婉动人的抒情诗；《古都》，将双胞胎姐妹失散多年又重逢的悲欢离合故事融在四季风物之中；乱伦的情爱，是《千羽鹤》这篇小说的内容，但茶具被赋予了生命，高度展现了日本“物哀”的美学理念。川端的著名作品还有将少男少女淡淡的恋情融于伊豆旖旎风光中的《伊豆的舞女》；通过对丑陋、衰老、死亡的否定及对年轻生命力的向往来展现淡淡哀愁美的《山之音》……

川端六十二岁时获文化勋章，六十九岁时获诺贝尔文学奖。评奖委员会认为川端“以丰富的感受性，表现了日本人内在的精华，给了世界人民以深深的感铭”。川端文学的价值正是在于他的文学真正继承和发扬光大了本居宣长倡导的平安时代《源氏物语》以来“物哀”的日本文学传统理念。“物哀”，指的是表示客观对象的“物”和表示主观世界的“哀”高度一致，将调和、优美的情趣世界理念化，也就是俗话所说的“触景生情”。纵观川端的这些作品，无一不是如此。我们以川端获奖作品《雪国》、《古都》、《千羽鹤》为例，来探讨一下川端文学的实质。在《雪国》中，因家贫而沦为艺妓的美丽少女驹子，不顾一切地爱上了“徒劳无为”的岛村，而岛村却是把驹子当成了“雪之精怪”这样一个美的对象来鉴赏，这表现了岛村对虚幻、美丽的非现实世界的向往；《古都》，其背景实际上并非实在的京都，而是梦幻中的世界，千重子和苗子这对双胞胎姊妹俨然梦幻都市的市民，一切都有着异国情调；《千羽鹤》中，太田夫人被死去的老情人已长大成人的儿子菊治身上的乃父面影所吸引，生出一段乱伦之爱，而菊治将美丽妖艳的夫人当作志野茶碗之精灵，他和夫人的女儿文子也有了肌肤之亲，有负罪感的文子把母亲遗留下来的“志野茶碗”在石钵上摔碎并留下一封信引咎遁走了。虽然小说由茶会开场，整个情节和美学意境都是由茶道来推进，但川端自己说：“读我的小说《千羽鹤》，认为那是写日本茶道形神之美，那乃是误读。其实我写的是如今世间的俗恶之茶，对其表示质疑，并让人们引以为戒。”河上彻太郎认为《千羽鹤》“以镰仓为风土舞台，以茶道为纽带，刻画有闲阶层青年男女形象……整个作品弥漫着非现实的魅惑。也可以说这是一部借现代形式表现中世幻想的小说”。实际上，川端文学的魅力，或许正在于这种亦真亦幻的虚无缥缈之中。

川端文学的价值还在于他出色地运用了现代主义文学技法惟妙惟肖地表现了日本的传统美，具体来说，也就是所谓“新感觉”的笔法。译者记得，川端在《雪国》中有这样出色的特异笔法：岛村用手抹掉列车窗玻璃上的哈气，玻璃就变成一面镜子，将叶子那美丽的面庞映在上面，而背景则是飞驰而过的万家灯火。“这种时刻，她的脸上点起了灯火，镜中影像不能清晰到可以消去窗外的灯火，而窗外灯火也消除不了镜中影像，这样一来，灯火也就流淌过她的整个面庞。然而，那灯火又不能将她的脸照射得灿灿生辉，而只是遥远的冷光而已。姑娘的眼睛和灯火重合，小小的瞳孔周围便突然变亮，那一瞬间，她的眼睛就像漂浮在暮色苍茫的海浪中妖冶、绚丽的夜光虫。”其笔法的奇特与新感觉派前辈横光利一（1898—1947）的“正午，满员的特快列车高速奔驰，沿铁路线的小站像小石子一样被抹杀”（横光利一：《头与腹》）“那绿色的森林倒映在马额头上的汗珠里，在摇摇曳曳”（横光利一：《苍蝇》）等笔法如出一辙。

川端获诺贝尔文学奖后不到三年时，突然将煤气龙头含在嘴里又套上塑料袋，“万无一失”地自杀了。年龄刚过七旬，获奖后事业如日中天，写作技法炉火纯青，后生小子们对其趋之若鹜，在这个当口突然自杀，委实让局外人难以理解。笔者以为，日本近代文学史上，川端康成的自杀可谓禅宗佛教式的自杀，和他的佛教世界观、人生观密切相关。何以见得？有文为证。川端说过：“我相信东方古典，尤其是佛典，这是世上最伟大的文学。我尊重经典，不是作为宗教的教义而是作为文学的幻想。”“芸芸众生解脱轮回的羁绊，达到涅槃的圆满境界，那些每每转生的灵魂大约都是执迷不悟的可怜灵魂。然而，我还是从内心感到，世上再没有比轮回转生的教义更富于幻想的故事了，这是人类创造的最美的爱的抒情诗。”他将佛教的生死无定、轮回转生的精神贯注到其作品中，认为死不是终极，而是生的起点，是至美的表现，是最高的艺术；认为人只有悟到死，方能看到真正的美。有人说，川端作品中总是有一种神秘的光若隐若现，那就是从死亡深渊中射出的。显而易见，川端内心有一种极浓烈的虚无观。阅读川端作品，读者在欣赏美的同时，也不能不为种种美的表现背后所透出的那种荒凉和不毛而颤栗。川端在获奖感言《美丽日本的我》的最后说道：“有评论家说我的作品虚无，但西洋的‘虚无主义’安不到我头上。我以为心的本质不同。道元的《四季歌》也题为‘本来面目’，但却是既咏诵四季之美、又强烈地和佛禅相通的。”显然，川端的虚无属于佛禅的虚无，这是无法否定的。

川端的虚无思想来源于特定社会历史背景和他本人的不幸遭遇。二十世纪以来，世界规模的恐慌、战争和杀戮、物质文明的畸形发达带来的颓废和人文精神的沦丧，动摇了知识分子对文艺复兴以来自由、平等和博爱的信仰，他们不再相信人类可以掌控自己的命运，于是，文学也不再是文艺复兴以来的对人文主义的讴歌，而把人生看成一场毫无意义的悲剧的思潮应运而生。日本社会经过了一战、二战，一部分知识分子陷入了消极悲观之中；个人生活的不幸也伴随川端整个生涯。他一岁丧父，二岁丧母，七岁失去了祖母，十岁唯一的姐姐夭亡，十五岁，最后的亲人祖父也去了另一个世界。这下他成了真正不知爱为何物的“孤哀子”，“孤儿根性”贯穿了他的一生。日本战败后，他在《我的信条》中写道："日本的战败使我更切身地感到，对于活在当今日本的我来说，内心的哀愁甚于政治上的愤怒。我的工作无法逃离悲哀。"

不仅如此，他每年都要向他的朋友的遗体告别，好友们一个个离他而去，显然，川端生的意志越来越稀薄。川端的虚无悲观应该来源于此。所不同的是，川端借鉴了西方现代主义的文学技法，但却从东方的佛教教义中找到了解脱。据弗洛伊德理论，人的"希生本能"由快乐主义和现实主义来支配；而人的希死本能则由"还无主义"（源于佛教的语汇，其意是将自我化为乌有以求解脱）支配。佛教，实际上是源于死的宗教。在佛教中，"死"被叫做"往生"，意思就是到那个世界去再生，因此死并非是一次性的，而是可以再生的轮回，人生是可以往返多次的。在川端的美学意识里，传统的真善美变形成"哀愁"、"虚幻"的美。他对虚无世界的刻意追求，使他找到了新的美，更找到了对浮世种种烦恼的解脱；在他自己的世界里，他认为："死"，是一种"回归"的美，最后他在发掘美之中涅槃——笔者以为这大约就是川端自杀的谜底。

本篇小说《岁岁年年》是川端不很出名的作品，尤其对中国国内读者来说可能相当陌生。小说登场人物除女主人公松子外，还有松子父亲朝井、松子母亲道子、松子的恋人宗广、宗广妻子卷子、宗广弟弟幸二、道子情人绀野、父亲的朋友木崎老人及其年轻的妻子；未出场人物有已经战死的松子大哥敬助、二哥照雄、宗广父母等。故事情节大致如下：松子母亲道子是其父亲朝井远亲家的姑娘，因家道中落，本是来顶替保姆的，后被扶正成为续弦。或许因道子和松子父亲年龄过于悬殊，加之松子父亲对她不够珍惜，她竟然私奔到绀野那里过着简陋公寓的贫寒生活。朝井的世交高谷家的老大宗广尽管已和松子有了肌肤之亲，但却无情地抛弃了松子而和卷子结了婚，却因婚后三天即吐血，加之和卷子同床异梦毫无感情使他陷入悲观颓废的泥潭。他住进疗养院，最后了无生趣自杀身亡；松子和幸二虽然惺惺相惜，但因为幸二哥哥宗广的关系，即便宗广死后两人也无法正常恋爱；朝井是个实业家，他心地善良，对失去两个儿子剩下的唯一女儿还是疼爱有加的，但对后妻道子的背叛深恶痛绝，不过晚年也反思到对这个续弦妻子不够珍惜，从而在死前表示允许自己死后松子和母亲一起生活。松子的两个哥哥特别是大哥敬助战死前和这位继母通信频繁，可能因为在战地举目无亲的缘故，对继母表示出一种异乎寻常的敬慕和向往。两个哥哥战死后，继母道子动议将大哥给继母的信件出版，而大哥的同学绀野顺理成章地担任了编辑。绀野油画达专业水平，文笔又好，在前线时已是小有名气的士兵，很受道子母女追捧。道子本希望松子和绀野结婚，但那时松子和宗广已感情很深，并有了肌肤之亲。据宗广说，其父母因了解到道子的私奔，认为如此伤风败俗的女人的女儿不能要，从而不同意宗广娶松子，宗广说这是抛弃松子娶了卷子的原因，但松子则认为宗广抛弃自己还有自己所不清楚的另外原因。不过，因宗广身体状况不佳，结婚三天即吐血入院，一切都无从谈起了。爱情的不理想，造成宗广性情乖僻，妄自菲薄，行为颓废，最后对自己和生活失去希望而自杀；宗广妻卷子则由于对松子严重嫉妒而变得放浪形骸，对爱情不抱希望。而另一方面，朝井在街上见到私奔而去的道子精神大受刺激脑溢血发作而猝死，使父女相依为命的松子变成孤身一人。朝井的朋友木崎老人有个年龄悬殊的妻子，但两人伉俪情深、夫唱妇随，很受朝井的羡慕。木崎老人对失去父亲的松子百般关照，是个厚道、善良的老人，按松子意愿买下了松子家的房产。

本作品和《千羽鹤》有共同之处，也是由茶会开始。开头是父亲带松子去京都参加光悦茶会，其间与宗广弟弟幸二偶遇；仅仅一年光景，日月沧桑，人事巨变，松子迎回了和年轻情人绀野闹翻无家可归的母亲并开始了新的生活，她在和父亲参加光悦会整整一年之后，和自己已不能与其正常婚恋的宗广之弟幸二相约，纪念性地再次去京都参加光悦会，并入住去年和父亲下榻的同一旅馆同一房间，难免百感交集。

这里，作者从叙述者佛教生死观的立场，冷眼旁观浮世的悲欢离合，一方面点出男人的生死似乎与关系密切的女人紧密相关，另一方面又冷静地描写出人们对日月沧桑、世事无常多变中的悲欢离合、生老病死表现出极强的适应性。

如果要谈谈本篇小说与众不同的特色，译者想举出三点：

译者以为，首先，本篇小说是最典型反映作者佛教世界观的作品之一。作品中有两处点题之笔：一是朝井死后木崎老人送给松子的一幅字画，这是日本著名僧人寂室写的八个字——“生死事大，无常迅速”。其意就是佛眼观生死，即佛教生死观，教诲善男信女世事无常易变，能将生死全部放下才是大自在、大解脱。其实，这也正是作者本人的生死观和世界观。另一处点题之笔是下列段落：

然而，如果说母亲私奔造成父亲的死去，松子的离去造成了宗广的身亡，那么，男人寿命的年年岁岁似乎属于女人，松子不由得感到身为女人的自己的可怕。

给男人带来死亡的母女二人，用男人工作留下的钱购买锦衣华服，以一副悲伤的岁岁年年不久即将过去的表情，返回到自己的小窝。

作者冷眼观察和娓娓叙述着仅仅一年之内的岁月沧桑，人事更迭，讲述了有婚姻纠葛的两个家庭内外悲欢离合的故事。特别是女主人公松子遭遇了一连串的事件——两个异母哥哥战死、和宗广的爱情梦碎、父亲上街途中猝死、母亲私奔后又回归，最后不得不卖掉父亲房产，和母亲到东京去讨生活……就是说，尽管遭遇种种劫难，小说结局松子还是有自信地和母亲开始了新的生活。

其次，作者的心理描写，可以说达到了炉火纯青的程度。中国有位歌唱家唱的歌被人赞誉为“用嗓子绣花”，说的是其歌唱技巧中的音准、吐字、运气、共鸣、节奏、情感表达等诸方面好像绣女绣花一样做工细腻，火候精准。而川端康成作品中的心理描写，译者以为也像绣女绣花一样细腻精准。我们从书中松子穿塔夫绸丧服时的一段心理描写来看看作者观察生活是何等细致：

因为是塔夫绸，所以下脚料就都做成了丝带蝴蝶结之类。“要是裁宽点戴到西装袖子上，就成了黑纱。”松子自言自语道，但又想到这不太吉利，便收住了话头。松子又察觉到，自己连给自己衣袖上缠黑纱的丈夫或情人也没有。把那条细细的黑色丝带不太显眼地扎在自己的居丧发型上，是为了让自己更显得恭谨谦卑。

作为一位五十二岁的男作家，描写年轻姑娘的心理活动竟然如此细致、如此贴切，功夫全在平素的观察和深入思考上。

再比如，描写已被宗广抛弃的松子，去疗养院最后一次看望宗广，目睹宗广穿衣的内心活动时，作者写道：“她看到宗广的衬衣后背起了皱褶并在腰带上部堆出一个鼓包。自己曾帮宗广展平皱褶将鼓包部分掖进他的裤子里，松子回忆起这些不免心如刀绞……宗广穿上毛衣，将胳膊伸进外套的袖子里，这个穿衣顺序松子不看也谙熟于心，这再次让松子油然忆起那些帮他穿衣的日子。”这里，作者用这些描写暗示出原本松子和宗广关系已经相濡以沫却遭到宗广无情的抛弃，从而引起读者对松子的同情。一位男作家把年轻姑娘内心丰富的联想、多愁善感以及对抛弃她的男人的亦爱亦怨亦恨的复杂情感表现得淋漓尽致。

还有，对病人宗广在疗养院精神空虚、百无聊赖的语言表现，作家的功夫可谓入木三分。

“每天在海边散步的年轻情侣多了去啦！我呢，在沙地边休息边目送人们的足迹，就能辨认出高跟鞋的脚印了。”

“这样啊？”

“无聊透顶啊！”宗广自嘲似的耸了耸肩膀。

“好不容易走到海滨，第一次从这里回望疗养院时，感到有点怪怪的。因为原来总是从疗养院的窗子眺望大海和海滨沙地的吧。”宗广说。

“那是什么时候的事呀？”

“第一次来海滨沙地吗？那是去年九月末。当时啊，我是没和松子你结婚，但也并不是和卷子结了婚。我觉得我是和那座疗养院的屋顶结了婚了。你明白和疗养院的屋顶结婚是怎么个意思吗？”

作为一位年过五旬的中年作家，描写住疗养院病人膏肓的年轻病人的心理活动竟然如此细致，如此深入内心，功力非常人可比。

第三，作为新感觉派里最有成就的作家的作品，本小说也不乏

"新感觉"笔法。最突出的例子就是对鉴赏日本西洋画家青木繁的名画《海物》时对松子观画感受的那段描写别具一格。请读者朋友看看书中这段描写：松子也注视挂有《天平时代》那面墙好一会，又转过头回看《海物》。因为《海物》画中一个渔夫的眼睛似乎在看着松子。一丝不挂的渔夫们抬着偌大的鲨鱼，从画面右边向左分两列行进。渔夫们都在朝前看，唯独一个渔夫朝旁边看，目光与观画者正好相对。水灵灵的大眼睛，少女般秀气的面容，可能是个毛头小伙子。只有这一人的面部白皙，笔触细腻，与这张面孔相比，其他渔夫的脸简直就像半成品一般。仅有一名俊俏青年从靠里面那排向这边窥视，给人的印象是那青年的眼睛就像这幅画的瞳孔一般注视着松子。作家把画观察得这等细致并不算多了不起，但把观察出的细微现象和书中主人公的心境关联起来，甚至写道"那青年的眼睛就像这幅画的瞳孔一般注视着松子"这就不是一般作家所能办到的了。译者认为对松子与渔夫小伙子眼睛的描写，和前述《雪国》中对叶子眼睛的描写，有异曲同工之妙，委实不同凡响。

本书中类似这样的笔法还可以举出三处例子：

那花瓶宛若飘浮在昏暗壁龛里的一盏明灯，又恰似神秘的珍珠贝在海底熠熠生辉，被水浸湿后艳丽得甚至透出一股妖气。

松子张开嘴露出雪白精致的一排牙齿，简直就像街道树的浓绿映在牙齿上面似的。

木崎目不转睛地盯着看黑眼睛的松子，感到她的眼底好像栖息着一只黑色的活物，她一低头，那活物的影子似乎就映在眼球上。

诗人陆游在他逝世前一年，给其子传授写诗经验时写的一首诗中有一句“汝果欲学诗，功夫在诗外”。我们是否可以推而广之，你要学习写小说，功夫在小说外。从作品中我们可以感受到，川端对日本文化的精华之一的茶道、茶具知识储备相当渊博，在作品中对一件件名贵的古茶具简直如数家珍；同时，作者对古书画以及著名西画特别是法国印象派画家的画作，也都谙熟于心，知识积累非一般作家所能比。顺便提一下，译者翻译过不少作家作品，但这次碰到比较陌生的古茶具，当然是很好的学习，不过为了比较准确地做出脚注，也确实比翻译其他作家的作品要吃力得多。这也算是完成本作品汉译后译者想吐露的一点译事甘苦吧。

值得一提的是，具有佛教生死观的大作家川端康成，在日本战败前夕的一九四五年四月曾作为“海军报道班员”被弄去冲绳前线鹿屋基地亲眼参观自杀飞机小伙子们的肉包子打狗——一去不返的悲惨现场。让这位作家眼睁睁地看着那些刚刚学会开飞机的风华正茂的青年无谓地去送死，军部当局可能想让他鼓励那些不满二十岁的青年学子义无反顾地去“玉碎”，而这位佛教生死观的大作家内心有何感受，就不得而知了。不过，难能可贵的是，从一九五二年五十二岁时写出的本作品中，川端借松子父亲之口对政府发动的愚蠢的“大东亚战争”，对不关心人民疾苦的政府都有明显的批判：“国家和炉子的那番话，确实是个疑问。炉子的温暖很容易感受到，而国家是温暖还是冷漠，是很难搞明白的。把两个儿子征去杀死——至少炉子不会干这种事吧？当然，煤气开关忘了关，你睡着时也会中毒而死的。”这种批判尽管委婉，尽管表现出一种无奈，但对军部和政府当局的不满是无法否定的。

关于书名翻译，我以为，从书中文字分析：本书原日文标题“日も月も”虽然没有谓语，但谓语在书中。作者是站在纯客观立场冷眼旁观两个家庭的人事沧桑，作者要表现的是：男人生命的岁月长短似乎取决于女人；对当事者来说，悲伤的岁月似乎不久就会过去；虽然短短一年，但却世事沧桑、物是人非，仅一年，松子姑娘接连遭遇父亲猝然去世、母亲和情人绀野分手回归家庭、原恋人宗广和其妻卷子分手后自杀等一连串变故。变化之巨大，印证了本书作者要表现的万事皆无常的佛教世界观和人生观。所以，译者拟借鉴唐代诗人刘希夷的《代悲白头翁》诗中“年年岁岁花相似，岁岁年年人不同”诗句来烘托主题。“年年岁岁”“岁岁年年”的颠倒重复，不仅排沓回荡，音韵优美，而且强调了时光流逝的无情事实和人们只得听天由命的无奈情绪。“花相似”、“人不同”的形象比喻，突出了花卉盛衰有时而人生青春不再的对比，和本书作者的感喟有契合之处。尽管有些中国读者不一定了解完整的《代悲白头翁》诗，也不一定知道作者是谁，但因为几乎无论男女老少都对“年年岁岁花相似，岁岁年年人不同”这句诗句耳熟能详，所以，看到“岁岁年年”这个标题，中国读者自然而然会联想到后面省略的词句“人不同”，这恰恰符合了作家要表现的主题。

关于汉诗、俳句、和歌的翻译。拙译中，了庵的点赞，还原成七言诗；俳句翻译成五七五；和歌翻译成五七五七七。翻译不敢说很理想，但至少汉字数和日文假名数对应，以示俳句、和歌与中国的五言诗、七言诗并不是一回事。

在本书翻译过程中，对于个别费解之处的分析理解特别是涉及古茶具的某些知识，日本学者三室勇先生给予了大力协助；对个别句子的理解日本著名研究文学学者铃木贞美教授给予了大力协助，反复讨论研究，交换意见不厌其烦。关于书名的翻译以及对本书内容的分析理解等方面，研究川端文学卓有成就的北京语言大学周阅教授提出很多建设性意见。对以上三位学者，在此谨表由衷的谢意。

最后，虽然译者的工作自认为尚比较认真仔细，并对一些疑难及费解之处多方查阅穷追到底，但毕竟水平所限，仍不敢保证本书中没有不妥乃至谬误之处，在此敬请日语界前辈、同仁及诸位老中青读者朋友批评指正。

王述坤

2017 年 2 月于南京

图书在版编目（CIP）数据
岁岁年年 /（日）川端康成著；王述坤译 .—上海：
上海译文出版社，2018.4（2022.8 重印）
（川端康成作品系列）
ISBN 978-7-5327-7651-1

Ⅰ. ①岁… Ⅱ. ①川… ②王… Ⅲ. ①中篇小说－日
本－现代 Ⅳ. ①I313.45

中国版本图书馆 CIP 数据核字（2017）第 280009 号

岁岁年年
日も月も

[日]川端康成　著
王述坤　译

出版统筹　赵武平
责任编辑　刘　玮
装帧设计　尚燕平

上海译文出版社有限公司出版、发行
网址：www.yiwen.com.cn
201101　上海市闵行区号景路 159 弄 B 座
山东韵杰文化科技有限公司印刷

开本 890×1240　1/32　印张 7　插页 5　字数 91,000
2018 年 4 月第 1 版　2022 年 8 月第 5 次印刷

ISBN 978-7-5327-7651-1/I·4691
定价：48.00 元